时 间 的

答 案

卢思浩 作品

LUSIHAO · WORKS

ANSWER TO TIME

北京联合出版公司
BeiJing United Publishing Co.,Ltd.

时
间
的

答
案

时间的

答案

时间的

答案

时间的

答案

时
间
的

答
案

时
间
的

答
案

时间的

答案

时间的

答案

假如过去的一切都没有发生，

我们就不会成为现在的自己。

序言

　　成长是学着接受，一个人向前进的同时也是失去的过程。分道扬镳带来的孤独，世事无常带来的挫折，生老病死带来的无力感，都是我们漫长又短暂的人生里必须经历的一部分。但你会知晓自己的力量，即便是在人生的海里遭遇一场大雨，浑身湿透，也依然拥有前行的力量。我们每个人都是往事的幸存者，最终学会的，都是如何与自己相处。

　　约莫是十年前，我从一位友人身上学到了这些。我清晰地记得那是一个雪后的冬天，整个城市显得尤为安静，大雪把城市染色，让世界呈现出截然不同的模样。我们并肩走着，接着便有了这段话。许多年后，我跟说这句话的人早已失去了联系——就像我生命中出现的其他人一样，人们总会在某一个时刻转身离开。

　　等到终于彻底理解了这句话的今天，我已经快三十岁了。这是新一年的第一天，我正开车前往乡下的老家，窗外的一切陌生又熟悉。街道变得宽敞，居民楼也越盖越高，街边的一切都是热闹的模样，仿佛只有我无法融入这样的场景。电台播出了一首歌，居然是十年前最喜欢的那首歌。我宛若触电一般想起了过往的所有事情，想起了曾经在生命中出现的人，可我又能把这首歌分享给谁呢？

人总得在经历一些事情后才能明白一些道理，就像是等到你终于明白一句话的深意时，时间早已经向前一路飞奔，把你甩在了后头。这让我产生了错位感，好像自己明明还是那个少年，可镜子里的自己已经不是少年时的脸了。

所以我只能尽我所能把还记得的故事都记录下来。很多人跟我见的最后一面我都还记得，可从未想过那就是我们最后一次相见。回首望去，我们一路上仿佛都在失去，唯有生活在无声地继续。

目录 CONTENTS

目录
CONTENTS

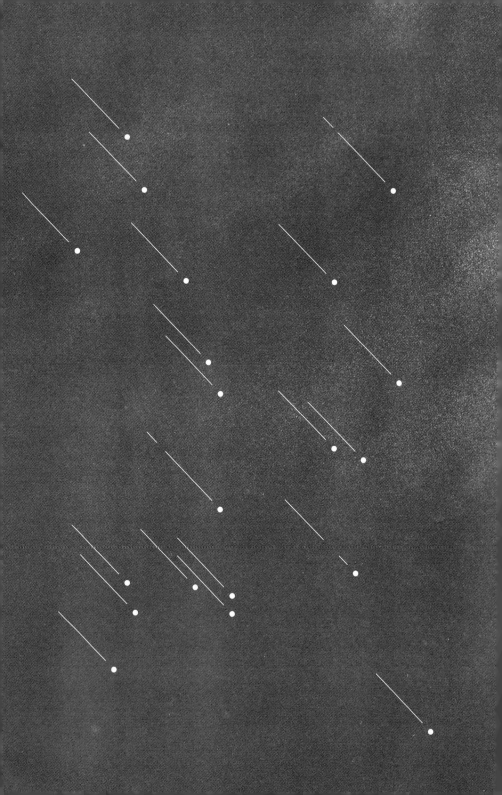

CHAPTER. ————————— 01

十 九 岁 那 年 的 夏 天

对于别人而言很简单的事，对我来说却很难。

比如在周遭世界里找到属于自己的位置这件事。

　　小时候身体不好，大部分时间都不得不在医院度过，我唯一能看到的风景，不过是病床外的杨树，再往外边看就只剩下围墙。记得好不容易出院回家的那天夜里，我又发烧了，烧得迷迷糊糊，奶奶背着我一路跑到医院。我伏在她背后看着路灯，心想，原来每个路灯之间的距离都这么远，不知道什么时候才能够靠自己的力量走过去。医院弥漫着刺鼻的药水味，穿着白大褂的医生神色匆匆，仿佛多说一句话的时间都没有。我住在一个多人病房里，他们的对话离我太遥远，又没有兄弟姐妹陪伴，只好靠自言自语来消磨时间，那不是单纯地自己随便说些什么，而是一人分饰两个角色，自己跟自己对话。

我日夜盼着可以正常上学，想要找到同龄人说说话，终于身体好了些，父亲就带着我搬到了市区。那天到班级时，所有人正聚在一起说话，看到我瞬间安静下来。老师让我介绍自己，我看着陌生的面孔，准备好的话都不翼而飞，支支吾吾的什么话都说不出来。事后回想起来，这是再糟糕不过的开场。

我们班是学校的重点班，第一次月考后老师发试卷，边报着名字和分数边说："大家考得都不错，但有些同学拖了后腿，希望这些同学能够自觉，不要做害群之马，影响我们班级的升学率。"他手里还剩下三四张试卷没有发，其中就包括我的那份。他虽没有明说，但我觉得自己就是他所说的那些人之一。我灰溜溜地领完试卷，头很低地走回座位。下课时听到同学们讨论我，他们说话很小声，但我还是听到了："那么多班级不去，为什么偏偏要转来我们这儿？"都是诸如此类的话。哪怕是现在，想到"害群之马"这个词，我还是禁不住感到耻辱。加上那时的我面色苍白，身体瘦弱又笨手笨脚，连话都说不清楚，那之后我就成了同学们取笑的对象。

他们认为我是一个从乡下来的转校生，成绩差又没什么见识。最让我难以接受的是，我意识到他们说的是对的，无从反驳。在他们下课可以自然聚在一起说话的时候，我只能呆呆地坐在座位上，不知道自己能和谁说话。

这期间唯一开心的事，是拥有了一款属于自己的MP4，我很喜欢这个既可以放歌又可以放电影的机器，所有的音乐播放器都是这世上伟大的发明。现在回忆过往才发现，我好像从小就很喜欢音乐，它让我的身边不至于过分安静，就像是有人通过音乐在对我说话一般。但严厉的父亲不会给我买这样的东西，在他眼里这些玩意儿只会影响学习。我只好缠着偶尔来市区看我的奶奶偷偷买了一个，小心翼翼地不让父亲发现。

那时我想着，总有一天能融入这个集体，能跟上他们的步调，能找到可以说上话的朋友。

我至今仍记得这个愿望彻底破灭的那一天。

那天大家聚在一起聊起 MP4 的话题，我也按捺不住地拿出自己的 MP4，跟大家说起自己平时听的歌，这是我生活中唯一一闪着光的东西。我没有发现周围突然安静了下来，也没有发现同学异样的眼神，就这么自顾自地说着，直到一个同学走到我身边问我："你的 MP4 能给我看看吗？"我才发现身边安静得可怕。

看完后他一声不吭地走回座位，身边的人窃窃私语起来，我搞不清楚怎么回事，纠结了一个下午。

到了晚上我才知道到底发生了什么。

我正收拾着课本，准备找一首歌在回家的路上听，听到班长喊我的名字，让我去一趟办公室。那瞬间让我有些恍惚：一直以来我在班里就如同一个透明人般存在，他们从没有叫过我的名字。打开办公室的门，就看到了父亲，他一脸严肃地跟老师正说些什么，我下意识地藏起耳机，刚想问他怎么会来。

突然"啪"的一声，一个巴掌落到脸上，这巴掌把老师都震慑住了，我只听到父亲不由分说地说："你还学会偷同学的东西了！"

我根本不知道是怎么回事："我偷什么了？"

"还说没偷？"他看到了耳机，一把拉了出来，"这是什么？"

他的脸上写满了愤怒，根本不等我开口，就生拉硬拽地强迫我低头向老师道歉。我怎么也不肯过去，站在原地涨红了脸。

又一个巴掌打过来，我只觉得脸上一阵火辣，剩下的什么都感觉不到。我愣在原地，犹如被平地里惊起的一道雷劈中，脑袋嗡嗡作响，喉咙里像卡了根刺，什么话都说不出来。老师连忙走了过来，把我父亲劝住了，他才稍稍缓和了一点情绪。

"事情也不一定就是那样。"老师说。

"我回家好好教育他。"父亲说道，"太让我丢脸了！"

在父亲心中事实到底如何压根儿就不重要，我的心情也不重要，重要的只是这件事情让他觉得丢脸了，仅此而已。

回家的路上，父亲强压着怒火，一言不发，到了家中母亲问发生了什么，父亲不作声，我也不肯说话。母亲什么都不知道，却对我说："你给你爸认个错，干吗跟你爸过不去！"

我再也受不了所发生的一切：为什么他们都不等我开口说话，就认定了是我的错？这样的家我一秒也待不下去，在母亲做饭时，我趁着父亲不注意偷偷溜出了家门。

我用尽所有的力气一路奔跑，跑到再也跑不动时，几乎是整个人瘫倒在马路边的台阶上。周围人来人往，有人用疑惑的眼神看着我，我却什么都感觉不到，感觉不到风，也听不到马路上有车开过的声音。坐下后我试图厘清整件事的来龙去脉，能想到的就是那个同学以为是我偷了他的MP4，于是告诉了老师。可为什么老师都不先找我了解事情真相？为什么同学只是看了一眼就觉得是我偷的？只是因为我是从乡下来的什么都不懂的孩子吗？难道在他们心中我就是这样的人吗？那我在父亲眼里又是什么呢？

想到这里，我身边仿佛有着无数道高墙，它们高高地耸立着，遮住了最后的一缕光，只留下一片漆黑。

过了很久，我才站起身，木然地走在街道上，一路下意识地走到了音像店门口。我想起了曾经听的歌，从货架上找到一盒卡带，问老板借了复读机。耳机里传来了熟悉的音乐时，我眼前浮现出小时候的那个自己，被困在医院病床上的那个自己。到头来能跟我说话的，只剩下音乐而已。

这件事最终不了了之，到最后我不知道到底是谁偷了那个同学的MP4，老师也没有再提起过，我自己的MP4自然被父亲没收了。只是从此班里的人都疏远了我，这是属于他们的默契，我被冠以"小偷"的称号，这个称号甚至取代了我的名字。渐渐这个消息传开了，走在学校的路上，不认识的人看着我的眼神里都带着刺。后来我才知道，是班长得出了"是我偷的"这个结论，在毫无证据支持的情况下，所有同学都认同了这个结论。得知这个消息的时候，我已经没有一点感觉了，知道不知道这些又有什么区别呢？什么原因都不再重要，我只知道一件事：人们一旦认定了一个事实，根本就不需要求证。那时的我深陷于牢笼之中，那是由偏见和误解构成的牢笼，无处可逃。

就这样，我沉默寡言，回避所有人带刺的目光，把自己的世界缩小到只有学习和音乐的世界。

就这么度过了我十四五岁的时光。

没有课的时候，我都在音像店里逗留一整天。

这家音像店并不大，从最左边到最右边不过十步的距离，货架也只有六排，卖的都是清一色的卡带。自从随身听流行起来之后，卡带就变成了上一个时代的产物，人们很快对它们失去了热情。所以哪怕是周末也没有什么人会来这里，即便是有人来，也都是来了就走。这样也好，我可以安心地切断与世界的联系。世界对我来说不再重要，甚至说不如不存在，既然它忽略我的存在，我便也忽略它的存在。

直到我刚满十六岁的那个夏天，有一个女孩也走进了这家音像店，她跟我一样，一待就是一整天。接连好几个周末我都看到了她，我渐渐察觉到她跟我一样，在这里要关门时，我们走出音像店的步伐都极其缓慢又沉重，说是缓慢或许不够准确，那更像是一种没有期待感的步伐。正是因为注意到这点，我开始注意起她来。

她总是紧锁眉头，低着头认真地做自己的事，对窗外发生的一切都没有兴趣。越是观察，就越是觉得她的认真不合常理，一个人的集中力是有限的，无论多么沉浸在自己的世界中，也需要有放松的时刻，但我几乎从未看到过她停下来休整的时刻。她身上像是隔着一层薄薄的雾，她把自己都藏在了这雾里。可有那么一次，我瞥见了她内心的一角，那天音像店有事没能准点开门，但我们都准时到了。等待时我们恰好四目相对，只是一瞬间的事，我却久久不能回过神来。她的眼神里没有讶异，没有期待，也没有厌烦，什么情感都没有，只闪过了一丝不易察觉的悲哀，那是只有同类之间才能感受到的感觉，就像是快乐的人很难察觉到别人的痛苦，只有同样痛苦的人才能敏感地感受到别人的痛苦一样。我感受到的就是这么一种类似同性相吸的东西。

我逐渐习惯了她的存在，我想她也逐渐习惯了我。

每到音像店我就会寻找她的身影，有她在的音像厅的确比只有我一人在时更觉安心一些。她也会在看到我之后，才低下头去做自己的事。或许这是因为知道这座城市里有人跟我一样"奇怪"，在学校让我觉得无比压抑的情况下，她的出现让我的十六岁不至于是彻头彻尾的"不正常"。

我们第一次说话到底是什么时候来着？

对了，那天我刚到音像厅就下了一场大雨，这场大雨来得极为突然，本来还亮着的天很快就暗了下来，树叶被风刮得七零八落，不久，整座城市只剩下了雨点打在地上的声音。街道上瞬间没了人影，眼看着雨越来越大，我想她今天应该不会出现了，却在门口看到了她。

她费劲地推开门，又得顾着收伞，整个人显得有些手忙脚乱，头发已经被淋湿。我赶紧去帮忙，帮她抵着门，接过伞让她先进去。帮她收伞的时候，我真切地感受到了外面的风，风吹着雨打在我身上，打在伞上。这场雨比我想象的更大一些。

我看着窗外的瓢泼大雨，说道："今天雨这么大，没想到你还会来。"

"你不也来了吗？"女孩整理着自己的头发，或许是刚淋过雨，她的脸庞显得有些惨白，但她还是挤出了一个笑容。

女孩说我可以叫她梦真，我夸她名字好听，梦真梦真，念起来都觉得让人充满了希望。

在交谈中我渐渐发现了我们的很多共同点，我们都喜欢音乐，都是独生子，都在学校里独来独往，但我并未说明原因，那些事我不愿意再提起。她也没有说太多以前的事，我察觉到她言语中的小心翼翼，猜想她也不愿意提及。那天的时间过得很快，好像我刚坐下来没多久，音像店就到了关门的时候。一天的日子过得如此飞快，对我来说还是第一次，以往我都是数着秒针过日子的，觉得每天都是一样难熬，时间的长短对我来说没有意义。

当我对她说出第一次觉得时间过得飞快时，她笑着看我，说她也是第一次有这样的感觉。

往后我回忆起她的时候，总是先忆起她那天的笑容，在那之前我也见过很多笑容，但从未见过这么温柔的笑容，即便是十几年后的今天，她的笑容也宛若在我眼前。

我们约好下次见，尽管不需要这样的约定，我们下次一定还会见到。

我记得那天在回家的路上，我一边听着她给我推荐的歌，一边看着眼前的风景。雨后的空气闻起来有一种泥土味道，城市也没有那么喧闹，红绿灯的颜色显得鲜明，我看着漆黑一片的天空，总觉得跟平时看起来不太一样，就连挂在我头顶的那轮月亮，也显得比平时可爱。

我跟梦真的见面开始频繁起来，我们一起升上了高中，我也多多少少远离了曾让我无比压抑的同学。父母变得更加忙碌，时间跟我几乎完全错开，一周只能见上几面。我的身体也有了改善，不再是那个动不动就发烧住院的少年了。我感觉自己正逐渐走近这个世界，尽管还是隔着很远的距离。

除了音像店，我们也会在街上漫无目的地走。在那之前，我走路总是低着头，不看周围的风景，梦真也是一样，仿佛因为有了对方，我们才在这个城市中找到了其他可以停留的地方。跟她在一起的时间总是过得很快，在与她的交谈中，我发现梦真天生就有一种本领：她能让人不自觉地说很多话。和她说话时我竟然也变得能说会道起来，她总是会因为我的一句话露出灿烂的笑容。有人会因为我的话而笑起来，这在我人生中，是实实在在的第一次。

只是偶尔的，我也发现聊天中的不协调感——那些笑容实在是美好得过头了。有时我自己都觉得说了一句无聊的话，她依然会笑得很灿烂。但这种感觉转瞬即逝，我并未太过在意。

我觉得找到了一个坐标，找到了一个可以谈得来的人。我把所有感受都告诉了她，比我想象的更诚实，毫无保留。

"一直以来我都觉得我的世界里只有自己，没有人跟我一样。"我说。

那时我们正走在一条小巷子中，那是一条普通的南方小巷，地面铺着灰色的砖，坑洼不平，放眼望去没有看到别人，地上都是树叶的影子。记得太阳就要落山，夕阳把她的头发染成了黄色，像是香港老电影里的滤镜，她走在我的右手边，马尾辫上卡着的一个白色发卡，也被一同染成了夕阳的颜色，不知道为什么，我从小就觉得这是最浪漫的颜色。

我已经不记得说这句话之前我们在聊什么了，但记得说这句话时的心情。我想告诉她，她对我来说有多重要，是她让我摆脱了所有的苦闷。

"我明白。"她原本低着头看树叶的影子，听到我说话便抬起头目不转睛地盯着我的眼睛。她总是这样，喜欢看我的眼睛，那样子像是要从我的眼神里确认一些什么。"我也是这样，很多次我都想一声不吭地离开这里，但我又不知道自己到底能够去哪里。"她说道，认真的神情再次表示这就是困扰她许久的事。

"我以前也不知道。"我说。

"那现在呢？"

"现在知道了，"我认真地看着她，回应她的眼神，"哪里都好，只要你也在就好了，如果不能改变身边的环境，就换一个地方重新生活。我原本不期待明天以后的生活，但现在不同了。"

"真的能重新开始生活吗？"她依然直视着我。

"一定可以的，"我说，"你知道常常生病的感觉吗？那是一种躺在病床上哪里都不能去的压抑感。我总是想象着医院墙外的风景，只不过是一墙之隔，却怎么也翻越不过去，我对自己的身体毫无办法。但你瞧，我现在也不怎么生病了。我能够自己去很多地方，只是还不够远，有时还是会遇到那些我讨厌的人。"我把所有的问题都推给学校，接着说，"现在我们要做的，就是熬过高考，我们都只剩下最后一年了，等毕业了，去一个新的城市生活，我们讨厌的人就不在了，我们就能离开家庭了，那时候我们就一起开始新的生活。"

"我们讨厌的人，真的就会不在了吗？"她说，一阵风吹来，头发遮住了她的眼睛，她不得不低下头整理自己的头发。

"总会不在的，难不成那些人还要一直跟着我们吗？"我想当然地说，"我们现在会觉得困扰，是因为没有选择，是因为那些人就在我们身边，他们总是用他们的方式提醒你那些不愉快的事。等能离开这里了，我们就可以选择朋友，选择学业，选择居住的地方。我们就可以把往事都丢掉，重新开始生活。我们一定可以做到的，像你的名字一样。"

她不再直视我，表情里藏着我看不懂的东西。

"你不是也想离开这里吗？"我问道。

"嗯。"她郑重其事地点头。

"日子总会好起来的。"我伸出右手牵住她的左手，说，"我原本没有这么坚定，也对未来没有太多的憧憬。日子总会好起来的，因为遇到了你，我才坚信了这一点。"

梦真怔了一会儿，露出了甜甜的笑容，用力地握了握我的手。我至今仍真切地记得从她手中感受到的力度，这份力量实实在在地、毫无虚假地传来，无论过了多少年，我也能够确认那时我们双方的真诚。在我的未来里一定有梦真的位置，这是这世上唯一能够完全了解我所想的人，我想她的未来里一定也会有我。

到时我们就在一个新的城市生活，所有的往事都随风飘走。睡前听着彼此的呼吸，醒来就是阳光万里。我们会遇到很好的人，一起说说闹闹。还有那么一个春天，天是最蓝的天，空气里都是花香味，我们想去哪儿就去哪儿，想在哪儿停留就在哪儿停留。所有的暗淡都留在昨天，去哪儿都是春光明媚，目光所及的地方都是风景，像风一样自由。

我没有想到这些关于未来的憧憬，会在一夜之间化为泡沫。

在即将升入高三的那个夏天，梦真突然从我的生活里消失了。像是连接着我们的那根线突然被剪断了一样，我在音像店等了又等，又去了我们去过的所有地方，一连好几天我都在城市里寻找她，我给她的小灵通打电话，但只换回关机的提示音。我给她发了很多短信，但迟迟没有回音。无论我去多少地方，等到多晚，发多少条信息，却始终追寻不到她的影子。

我告诉自己，她或许只是有事儿要处理，过了一阵子还会出现，直到几天后收到了一封她的邮件。邮件中说了一些关于她的事，但她并未表述完整。仿佛是她都不知道自己到底要说什么，但有一件事无可辩驳，无论我读多少遍我都没有办法告诉自己她要表达的是另外一个意思。

"每次我刚开心一点儿的时候，心里总生出一些不真实来，幸福感一旦稍稍产生，就必然迎来巨大的痛苦，一贯如此，这些想法不是我自己能够控制的，想不想这些也不是我能选择的。虽然只是相处了两年，但跟你在一起我是真的开心，你说没理由别人能做到的事我们做不到，像我的名字一样，其实我最不喜欢的，就是我的名字。这一点我不是故意隐瞒，只是觉得不该告诉你。或许我应该早点儿告诉你的。有很多事情我无能为力，即便走远了，我也还是那个我，也摆脱不了这样的自己。那些无法实现的承诺你就忘了吧，如果可以，当我从来没有出现过，对我们两个人都好。"她在邮件里这么说道。

读完邮件，我愣在原地，像是被人狠狠打了一拳，迟迟无法反应过来发生了什么。等到回过神来，内心只剩下无法言喻的痛苦。我无法接受她所说的话，接连两个月我把邮件关掉无数次，又打开了无数次；给她打了无数个电话，依旧只换回无数次关机提示音。我苦苦追寻，却搜寻不到她的痕迹，身边竟然没有人知道梦真这个名字，好像她从未出现过一样。

我不停回忆，试着找出她是从什么时候决定要离开的，可怎么都找不到蛛丝马迹。我开始丢失睡眠，有好几天我都直到天亮才睡着，或者是睡了一会儿就醒了，醒过来漆黑一片，身边的一切都无比陌生。这时梦真的邮件就变成了字块呈现在我的眼前，无论我看向哪里，它们都浮在前方。我到底属于哪个世界呢？一旦有了这个想法，我就开始苦苦寻求过去所属的世界，最终得到一个让我觉得无力的事实：我从未完全融入过任何一个世界。

　　一直以来我都被看不见的网捕获了，挣扎一次，网就缠得更紧一次，渐渐无法呼吸：我遇到的人都不在乎我，唯一在乎我的人却又一夜之间消失。我的内心缺了一块，所有的一切都从这个洞口中流逝，我不知道它们会掉落在哪里，也听不到它们的回响。我想起了过往的一切，想起了对她说的话，觉得这些话空空荡荡，像是飘浮在空中，原本所憧憬的未来，已经失去所有的意义。我找不到任何东西可以填补自己的内心，唯一能做的只有把全部精力都投入学习中去。我藏起卡带，再也没去过那个音像店。

　　世界再次缩小到了只有学习的范围，我决定跟所有与她相关的回忆暂且保持距离，否则每天的日子会无比漫长。这过程还算顺利，高考的压力让我无暇顾及其他。十个月之后我高中毕业，一方面如释重负，终于告别了高考的重压。另一方面，在重压消失之后，我又开始忍不住回忆过去的一切。

　　填志愿时选择了北京，我知道只有一件事是我必须做的：我要去很远的地方生活，那里没有任何熟悉的东西，只有这样，我才可以重新开始生活，才能学会遗忘，这是我唯一的出口。

　　说来矫情，如今回想起来，十九岁那年的夏天，空气里都是离别的气息。我从小就跟这个世界产生了某种疏离感。我曾以为自己找回了跟世界的联系，但转眼那个坐标就消失得无影无踪。所有的期待都落空后，我像是置身于旋涡之中，看什么都像隔着一层镜片，只觉得所有的一切都那么不真实。

初 次 见 面 ， 请 多 指 教

我的大学时代始于 2008 年。

这一年手机已经彻底普及，社交网络逐渐进入每个人的生活，北京刚举办完盛大的奥运会，全世界的目光都聚集于此。我在电视里看完了盛大的开幕式，街头巷尾都在谈论着奥运会，中国代表团最终夺得了奥运会金牌榜的头名。一夜之间，每个人眼里都写着自豪。与此同时，金融危机也悄然发生，世界正在发生天翻地覆的变化。在世界的某个角落，我正紧锣密鼓地准备着在入学要做的事。

当我决定要来北京时，家中就弥漫着不安又紧张的气氛，父亲早已把我的未来都安排妥当：念一个离家不远的大学，再回到家乡找一个他觉得"挺好"的工作，至于这工作是否适合我，或者我是否喜欢，在他看来都毫无意义。从小到大他就安排好了我的一切，从未跟我商量过，仿佛在他心中这就是一件理所应当的事。

但这一切都没能改变我要离开家的想法。我必须摆脱掉所有往事，摆脱家庭，摆脱那该死的让我觉得空空落落的情绪，离开家是我当时唯一的选择。

快到北京时，飞机倏然转了个弯，我看到了窗外的蓝天，瞥见了北京林立的高楼。

一切都会很顺利的，我心想。

学校在北京的北边，坐落于一个不大不小的大学城里。从大门走进去，首先看到的是并排的柳树，再过一会儿就能看到一座石桥，石桥下是一片人工湖。人工湖里有数十只白色的鸭子，湖面上有一艘老旧的船只，说是从很久以前就停泊在这儿的，因为年代久远，已经丧失了作为船的功能，眼下变成了鸭子们的巢穴。

岸边是两排桌椅，桌椅特地做成了古旧的铜色，夏日正盛，湖边倒映着柳树的倒影，沿岸的小路又被参天大树的阴影遮盖，因此，这儿成了新生们常走的地方。

教学楼用红砖建造而成，虽说已有数十年的历史，但因为校方管理有方，这红砖看着完全没有"老旧"的感觉。钟楼和食堂则用白砖堆砌而成，跟红色的教学楼相得益彰。

稍显落魄的是我们的宿舍楼，从外边看依然崭新，可楼内则是另外一番景象。宿舍间里有着一种说不出的灰尘气味，地板虽然打扫过，但还残留着一些没法清理干净的痕迹。从小在医院长大的我，对这些感到极为不适，到宿舍的第一天晚上便没有忍住大肆整理，又买来消毒液拖地，但依然收效甚微。

作为大一新生，自然对周遭的一切充满了新奇感，就连空气都有所不同，透着勃勃生机。我一个人把校园走了个遍，又逛遍了周边的地方，新生活就在眼前，丰富多彩的新世界就在前方，一切都在按照我所预想的方向走着。

正当我在心里暗自庆幸时，却冷不防地被打回了现实。

我依然找不到人说话，起初找不到原因，后来才明白，我并没有真的变成那种幽默风趣的人，只是梦真让我误以为自己变成了那种人而已。那是属于她的才能，不是我的。

这是更为广阔的世界，人们说话和生活的方式天差地别，话题又五花八门，不是我能够简单跟上的。同时我又极为在乎别人的看法，生怕自己说错了什么，再被贴上一个糟糕的标签。所以我极少表达自己的想法，或者顺着他们的话说。如果说每个人身上都或多或少地透露出某种气场，一眼就能让人看出基本的性格，那么我身上的气场则接近于"无"，是一种透明的气质。

我比想象中更沉默寡言，舍友们总是说着属于他们的话题，上课的时候也都坐在一起，跟其他同学自然而然地说话，朋友圈越来越大。唯有我在原地踏步，越发孤立。

一切开始向反方向飞奔。对于环境的新鲜感退去之后，没过多久，梦真的身影就开始浮现在我的脑海里，最初还只是一些虚影，后来慢慢地变成了更加鲜明的存在。

彻底想起她的那天，我正一个人漫无目的地走在湖边。

那天阳光特别好，没有什么风，云朵像船只一样浮在天上。我走在湖边的小路上，看着鸭子游来游去。对岸的桌椅边坐满了人，大家三三两两坐在一起，不知道他们在说些什么。对面走来抱着书的女生，一脸笑容地跟身旁的人说话。那是特别奇妙的一天，路上遇到的所有人竟都是成群结队，身边的一切都热热闹闹。或许一直以来都是这样，只是我选择不去在意。总之，在这么一个风和日丽的下午，本该是心情最好的时候，我突然发现自己回避不了这样一个事实，每个人好像身边都有人陪伴，只有我一个人戴着耳机走在这条路上。人总是在最不该想起一个人的时候想起那个人，如同一种诡异的墨菲定律。

我看向湖里的鸭子，鸭子们都游在一起，只有一只远远地落在后头。或许在鸭子中不存在落单这回事，只有不善言辞的人才会落单，我想。人人都有地方可去，唯独我孤身一人，站起身时，阳光格外刺眼。

夜里，我做了一个梦。

梦里是一片荒芜，犹如沙漠一般的荒芜，风吹过来，扬起了一片沙子，沙子敲打在身上产生刺痛。在不远处，有好几条道路，我能看到道路尽头是喧嚣的城市，那里车水马龙、人来人往。我满心期待向道路的那头走去，步伐越来越快，就在那城市只有触手可及的距离时，却猝不及防地撞上了一道墙。我跌倒在地，感觉自己的骨头都被撞裂了，随之而来的就是整个人被撕裂的痛苦。狂风席卷沙子而来，眼看着我整个人都要被淹没在尘土之中，梦真出现在我的上空，她向我伸出手来，我挣扎着伸过手去，却什么都摸不到。

就在这时我从梦中惊醒，花了很长一段时间才说服自己那不过是一个梦境。

我一直以为可以带着梦真前行，带她走向新生活，以为自己有这种力量。或许一切应该反过来，是因为有梦真在身后，我才有了这种力量。所以她离开以后，我便对一切无所适从了。就像是满心期待地坐上开往目的地的列车，下车后才发现自己坐过了站，眼前没有路标，也没有指示牌，风景又是无比陌生，身边的人很快都往前方走去了，而我因为失去了方向感，所以缺乏跨出第一步的勇气。

我在书店找了份兼职，一周工作三个半天。周四和周末，每天的工作从下午两点开始。报酬可以忽略不计，但我只能让自己忙碌起来，在书店工作是相对不需要跟人打交道的工作。在书店里工作的学生除我之外还有一个大我两届的学长，叫姜睿，可能是同为学生的原因，他对我很关照，如果没有他，恐怕我很难这么快地适应这份工作。但他看起来过于严肃而自律，我本就话不算多，他也是一样，因此，我们的交流在很长一段时间内只停留在工作上，只是见面会打招呼的程度而已。

一天，我上完课走回宿舍，刚走到宿舍门口，听到他们讨论起我，大意是说我这个人哪里不太正常，不爱跟人交流，性格孤僻，接着又听到有人说"你提他干吗，有什么好提的，多无聊的一个人啊"。这句话不偏不倚地传到了我的耳朵里，每个字竟然都无比清晰。即使我自认为是这样的人，可当我听到这些时，却依然觉得神经被刺痛一般。我停下了脚步，在门外徘徊了一段时间，等到他们聊游戏聊得热火朝天时才走进去。

我坐到床上玩手机，屏幕暗下去的时候看到了自己的脸。那张脸乏善可陈，走在人群中恐怕都不会让人看第二眼。这种自我认知让我自卑起来，也同时羡慕着那些气场强大的人，羡慕那些可以轻而易举就拥有很多朋友的人，他们所处的世界，是一个我没法去往的世界。

班里有这样的一个人物，叫夏诚。

开学没多久，他就成为同学们口中的话题人物。他一丝不苟的打扮，精心打理的发型，都在当时的男生中很少见。听说他家境富裕，吃喝不愁，又是地道的北京人。但让人们真正注意到他的，还是他那天生的与人的亲近感和轻快幽默的说话方式。他乐于交朋友，也拥有交朋友的能力，每当他来到班级时，坐着的人大多都会围到他身边。他总有很多故事，这时总能听到一阵畅快的笑声。

从女孩们的交谈中得知，他有一个校外的女朋友，两个人在一起很久了。"还真是可惜啊，好看又有钱，如果是单身就好了。"她们这么说道。

我与他没有太多的交集，我当然想和这样的人成为朋友。我觉得如果与他成为朋友，就能变成想象中的那种幽默而风趣的自己，就能借此开拓自己的世界。可就像我说的，我对于交朋友的技巧一概不知，又缺乏社交中应有的自信。开学那天有过一次简短的交谈，打过照面，往后就再也没有说过话。如果说班集体是个舞台的话，他就站在舞台的中央，而我只是舞台下最外边的观众而已。

　　我怎么也没想到他会主动跟我说话。

　　这是十一月的事。

　　天气渐渐冷了下来，来上课的人又少了许多，教马哲的老师是个小老头儿，他对课堂的出勤率颇为不满，言语中流露出对我们这代人的无奈。

　　"真的是一代不如一代了，要搁以前，哪有这么多人不来上课的。"

　　虽然他说着这些话，但我其实很喜欢这位老师。他上课可谓是尽职尽责，即使来上课的人只有一半不到，他也不偷懒。他同时写得一手好字，我对字写得很好的人很难讨厌起来。最重要的是他说这些时的语气，总让我觉得有些寂寞。

　　所以上他的课，我尽量认真一点儿，即使很难收起心思不想别的事，也还是会尽心尽力地把他的板书都抄下来。正当我记笔记的时候，夏诚坐到了我身边，他邀我一起唱歌，这让我愣了一下，后来才知道那天是他的生日，但让我一直很疑惑的是，我不知道他为什么会特意叫上我。

"第二天还有工作。"我推托道。

"第二天的事第二天再说嘛，你一定得来啊。"他说，脸上带着爽朗明亮的笑容。

我无法拒绝，下课后认真选礼物，最后在学校附近的店铺里选了一支钢笔，心想这他总能用得上。

晚上来到约定地点，不见夏诚的身影，整个包间里只坐着一个女孩。我在门口徘徊了会儿，再三确认时间，又回头看了眼包间号，确定自己没有走错，才走进了包间。

"你是夏诚的朋友吧？"女孩热情地跟我打招呼。

"嗯，我是他同学。"我说，有点不太适应包间里昏暗的灯光。

"我是他女朋友，我叫安家宁。"她说，"先坐一会儿吧，他一会儿就到。"

坐下后她忙前忙后，又是帮我拿水，又是问我要不要先点歌，还帮夏诚道歉。安家宁化着淡妆，一头长发，穿着显得十分高雅，说话的语速不紧不慢，声音也不大，整个人给我一种文静又优雅的感觉。但我没有再看她，或许是怕不知道说什么，就低头看起手机。过了一会儿还是没有人来，安家宁见我不说话，就主动跟我说起，她今天花了一整天才布置好夏诚的生日派对。

"这些气球我花了两个小时才弄好。"她指着天花板下的气球说。

"你一个人弄的吗？"我问。

"是啊，"她又看向了照片墙，一脸紧张，"不知道夏诚会不会喜欢。"

照片墙上有很多照片，是夏诚跟朋友们的合照。我看到最中间的位置是他俩的合照，看着是按照时间线排列的，最左边的那张照片里他们还穿着校服，安家宁一脸笑意地看着夏诚，那笑容看起来是如此熟悉，恍惚间我想起了以前也有人这么看着我。我决定不再想下去，转头对安家宁说："他肯定会喜欢的。"

这时夏诚的朋友都陆陆续续到了，安家宁跟每个人介绍自己，又问大家要喝什么，招呼着大家，看得出来她竭尽全力地想让气氛热闹些。气氛不算太尴尬，但这本身与安家宁无关。人们所说的话题都是关于最近去的好玩的地方之类的，反倒是安家宁的话不多，只是时不时地点头附和上两句。

还好夏诚没有迟到太久，他一出现气氛很快热烈起来，每个人热情地跟他打招呼，言语里都是今天晚上要不醉不归的意思。我坐到了最边上，在这种全然陌生的环境中，已经习惯不说话。我不安地算着时间，得早点回去，我心想。

没过多久，夏诚就走到我身边，手里端着两个酒杯。

"我以前没怎么喝过酒。"我忙说。

"今天我生日，"他说，"你怎么也得喝一点嘛。"

安家宁走到他身边，关切地提醒他少喝些。夏诚点头说好，亲昵地抱着她，接着便叫上了他的朋友们聚到一起玩游戏。我不擅长喝酒类的游戏，无论是猜拳还是玩骰子都输得一塌糊涂，记不清自己喝了多少杯，只记得喝得很快。几轮游戏结束，我开始兴奋起来。说是兴奋也不太准确，大概是思维开始不受自己的控制。

我感受到了前所未有的轻松。

此刻我眼前的景象变得朦胧，不再真切，只是颜色变得鲜明，明明昏暗却恍似色彩斑斓。世界变得无比美好，每个人都很可爱，他们说的话明明我都听不清，却也觉得无比真诚。游戏不知道在什么时候结束了，我却没有放下酒杯，思绪变成断了线的风筝，在空中漫无目的地飘浮。我觉得身体也轻盈起来，忘却了所有烦恼，整个人游离在现实之外，仿佛是凭空打开了一扇门，门后是没有重力的世界，踏进这个世界的人都不需要名字，我们一起随处漂流，离身后的真实越来越远。

可再喝多一点儿的时候，我就被突然拉回了现实，像是被引力拉回了地面，剧烈的碰撞使得眼前的一切开始天旋地转，就连夏诚都开始有了重影。我用尽最后一丝理智走到了门外的厕所，一阵反胃。我吐光了酒，吐光了胃里的所有东西，吐到眼泪直流，所有快乐的错觉都消失得无影无踪。不知道过了多久，再也吐不出来时，我想：怎么着也要回到包间里。可即便我自认神志清醒，手脚却好似不是自己的，将将移动了一小步的距离，就立刻瘫倒在地。所有的思维又变得断断续续，对当时的记忆也断断续续，我闭上眼睛，紧锁眉头，抿起嘴唇怕自己再吐，强忍天旋地转的眩晕感。

这时我感觉到有人在拍我的肩膀，我费尽力气才勉强睁开双眼。

是一个女孩，她明明就在我眼前，我却看不清她的模样。印象里是她的眼神，我说不清里面是什么，但我觉得她的眼神无比清澈。她说了什么我也记不清了，大概是问我怎么样之类的话，因为我记得自己反复说着没事。我终于清醒了些，能站起来了，可走路依然摇摇晃晃。那个女孩一路小心翼翼地陪着我，怕我再摔下去。

　　夏诚问我去哪里了，我便含糊回应。女孩大概说了一句我喝多了之类的话，夏诚对我说没关系，他在校外租了房，晚点可以住他家。

　　没再说上几句话，他就被朋友叫去喝酒了，剩下的喝酒游戏我都没有参与。我实在是迈不开腿，几乎是瘫在了沙发上，过了一会儿，大概是到了十二点，大家唱起生日快乐歌，我也站起来又喝了一杯酒，天旋地转的感觉再次袭来，坐下后很快就睡了过去，睡之前最后的记忆是安家宁拿来切好的蛋糕，我说等会儿再吃。

　　我醒来时人已经走得七七八八，酒醒了大半，只见夏诚倒在一边，安家宁和那个女孩正唱着歌。女孩看我醒了，问我："怎么样了？"

　　我不好意思地说："没事，醒了。"

　　"你再喝点儿热水吧。"说着她又给我倒了一杯热水。

　　"嗯……"我沉吟了一会儿说，"我没耍酒疯吧？"

　　她扑哧一笑，说："没有，你睡得可踏实了，你再缓一会儿，我们唱会儿歌。"

　　我吃了一碗面，头疼缓解了不少，只是胃还有些不舒服。回忆起喝多时的样子，恍惚间有种错觉，那时的我不是我，可喝多时的感觉又真真切切地都还记得，到底哪一个我才是真的我，我自己竟也无法分辨。或许我身上藏着一个我都不认识的自己，而这个自己可以融入周遭的环境，找到属于我的位置。

不知道过了多久，点的歌都唱起了第二轮，我提议送夏诚回去。等我们三个把他扶到楼下时，我看了眼时间，已经快四点了。天依然很黑，可街道却灯火通明，街边的一切都比我想象的更热闹，不管是来来往往的车辆，还是形形色色的男男女女。好像现在不该是凌晨四点，而是晚上十二点，热闹的黑夜才刚刚开始。喝过的酒，唱过的歌，明天醒来人们又会再来一次，周而复始。这是一个我之前所不了解的世界，但却觉得有种熟悉感，回过神来才察觉到：它跟我梦里的世界有相似之处，热闹又繁华。

难以置信，我竟然真的身处此境。

走到路边，夏诚依然站不起来，只能坐在马路牙子上。安家宁蹲在他身旁，一会儿拍着他的背，一会儿给他递水。女孩和我站在一旁帮忙打车。

冬天的风比我想象的更冷一些。

"你回哪儿？"我问道，站到风吹来的那一边。

"我和家宁先送你们回去。"女孩说，"别担心，安家宁会把我安顿好的。"

"我已经醒了，先送你回去吧。"看她一副担心的模样，我就沿着马路牙子走了一遍，没想到刚走了三步就滑了一下，差点儿崴脚。这是为什么？我明明脑袋很清醒啊。

"你看你看，我就说你没醒吧。"她说。

"真醒了。"我实在是不好意思让她再等下去，"我送他们回去就好了。"

"哎呀，你真啰唆，你继续说吧，反正我不听。"她捂住了自己的耳朵。

我心里正盘算着要怎么样才能说服她，只见她往前小跳了一步，问我："对了，还不知道你叫什么呢，我叫董小满。"

"陈奕洋。"

"好，我记住啦。"

说到这里，她就跑到安家宁那儿，蹲下来问起情况。我也走了过去，我们的对话到此为止。

过了很久才终于等来一辆出租车，司机要了一个离谱的价格，但总算有辆车肯带我们，容不得我们犹豫，董小满把我推进了前座，又和安家宁把夏诚扶进车。我撑着头，看着窗外，看着街景不停倒退，看着街上的人逐渐变少，看着路过的高楼，看着来往的车辆，终于再次找到了那种刚来北京时的感觉，那种身在另外一个城市的感觉，空气流动的方式也再次有所不同。陈奕洋啊陈奕洋，你此刻不就在另外一个城市吗？为什么就不能开始新的生活呢？

难道到了一个新的城市，也不代表就此开始了新生活吗？

到夏诚家后，还没等安家宁收拾完客房，我就在沙发上睡了过去，连她和董小满是什么时候走的都不记得。一夜无梦，睡得极为踏实，这种感觉已经很久没有出现了。醒过来的时候一阵恍惚，窗外的光晃得我睁不开眼，我花了一些时间才弄清楚身处何地。看了眼时间，正是下午一点。夏诚已经起床，见我醒了，跟我打招呼。他也一脸宿醉的模样，端着热水满脸写着头疼，手边是一堆礼物袋子，看样子他是刚拆完昨天收到的礼物。我瞥见那些袋子上写的都是我只听说过的品牌，顺着袋子看过去，看到了摆成一排的香水，但没看到我送的钢笔。

"昨天辛苦你了。"他说。

"没有的事，我自己也喝多了，辛苦的是安家宁和董小满两个女生。"

"安家宁怎么回事，怎么让你睡在沙发上？"

"是我自己睡着了。"我说，"再说已经很麻烦你们了。"

"嗨，没事儿，怎么这么客气，"夏诚看向我，接着用开玩笑似的语气说道，"钢笔很实用，我收起来了。你这个人果然很实在。谢啦。"

我愕然不已，一时间竟不知怎么接这句话。只能转移视线，看到了他家的冰箱上贴着很多便利贴，冰箱旁是两盆绿植，看起来精心修剪过。夏诚看到了我的目光，说："这些都是家宁打理的，她很细心，还特地去上了园艺课。她说家里得有点绿植才有生活气息，不过我是觉得无所谓。"

他所住的公寓相当气派，所有的东西都是崭新的，沙发足足可以躺下三个人，还有一个小型楼梯通往二楼，二楼居然还放着一台跑步机。但也的确欠缺一些生活气息，所有的东西都规规整整，也没有太多装饰，就像是样板房一般，厨房更像是从未用过一样，冰箱里也只有各种饮料和啤酒，墙壁上挂着硕大的世界地图。

我想我大概流露出了"见到世面了"的那种表情，但他对此丝毫不以为意。夏诚喝完水坐到沙发旁，见状我赶紧站起来，收拾摊在沙发上的被子和枕头。

"我来收拾就好了，"他看了看手表，说，"一点多了，一起出去吃午饭？楼下有家西餐厅还不错。"

"不了。"我推辞道，并解释下午要去书店工作。

"吃个午饭的时间都没有？晚一会儿到也没事的吧。"他说。

"还是尽量准时去吧。"我说。

"好吧，那就改周五晚上，让家宁也叫上董小满，咱们四个人一起。"他没有再坚持，这让我松了一口气。

临走时我听到他说："昨天玩得开心吧？"虽是疑问句，但语气里没有任何疑问。

他说得对，除去醉酒后的难受，那热闹的场景还历历在目，我依稀回忆得起来大家举杯相碰的模样，当然还有那个一直在笑的我自己。

"嗯，只是我太快就喝多了。"

"这还不简单，下次教你不会很快喝多的办法，"他说，"都是一些小技巧，昨天要不是我生日，我也不至于喝醉嘛。"

"好。"

"以后经常出来喝酒，喝酒的时候最热闹，热闹能够让人忘掉烦恼，微醺的时候最开心，适合你这样苦恼的人。"他怎么知道我有苦恼的事？他的表情告诉我这不是随口一说，我在他的眼神中察觉出一丝锐利。转念一想，我平日里所表现出的一定是苦大仇深的模样，尽管我并没有时刻在想那些困扰的事。或许正是因为他看到了我内心的挣扎，才主动跟我说话吧，除此以外，想不到任何其他的解答。

周五吃饭的地方在一个商圈附近，我是第一次去，下地铁后就失去了方向，又不好意思找人问路，所以迟到了一会儿。那是一家颇有派头的西餐厅，在一栋写字楼的顶层，走到门口我有些犹豫，这里人人都穿得很正式，只有我穿着球鞋和土绿色的大衣，显得格格不入。他们所坐的位置在窗边，正看得到北京夜晚繁华的街景。我到时，夏诚正喝着红酒，跟安家宁说话，董小满是第一个看到我的人，老远就跟我挥手。她梳着长发，戴着我说不出名字的帽子，穿着白色的毛衣，她的穿着和打扮看起来极为合身和舒适，花哨的装饰不多，颜色搭配也恰到好处，不会太扎眼又不显得随意。

我刚走到桌前，她就站起来跟我打招呼："Hello，又见面啦。"

"你好。"我有些局促不安，"上次麻烦你了。"

"噗！"她笑出声来，说，"我就扶了你一下，哪有什么麻烦不麻烦。"

吃饭时得知董小满是安家宁最好的朋友，从初中就认识，现在还是她的大学同学，两人一同在大学城另一边上师范大学。董小满声音很好听，眼睛里充满活力，说话的语气也是这样，言语里有一种我所没有的生命力。她的生动抓住了我，让我忍不住多看了她一会儿。我看着她时她也看到了我，冲我眨了眨眼睛，我不好意思起来，低下头去夹菜。

吃完饭后，董小满跟安家宁说起学校的一门课，夏诚也跟我讨论起学校的事。

"有时候我在想，那些课到底有什么好学的，"夏诚又要了一瓶红酒，边喝边说道，"感觉我以后会用不上，说真的，有些东西除了考试以外一点儿用场都派不上嘛。你说呢？"

他如果不这么问我，我原本是想就这个话题保持沉默的，但现在不得不回答，我想了一会儿说："可能吧，但多学点儿东西肯定是有用的，将来工作也能派上用场。"

"现在是 21 世纪，又不是大学毕业了还能包分配工作，"夏诚笑着说，"你看看咱们这个专业，有多少应届生，一年又有多少岗位？这其中的比例可能只有 20% 吧？"

"嗯。"

"不过我想学的，也没有一所大学可以教我就是了。"他接着说道。

"想学什么？"我好奇地问他。

"为人处世的才能。"夏诚说。

"这么说来的确学不到。"我笑着说。

夏诚也笑了起来:"所以喽,这门课只好自学。"

安家宁和董小满还在说着话,她们把椅子搬到了一起,此刻正交头接耳说着,边说边捂着嘴哈哈大笑,我好奇女生之间会聊什么话题,这对我来说简直是另外一个世界。

夏诚拿起红酒瓶看了眼,给我和他分别倒上了一杯。

"我觉得你肯定得高分。"我说。

"嗯?"他一时没有反应过来。

"如果为人处世是一门课的话,你肯定得高分。"

"哈哈哈,借你吉言,我也觉得自己做得还不错,你可别觉得我不谦虚。"他笑着说,"我家老头以前经常教导我一句话:'多一个朋友,多一条路。'人脉是很重要的。"

"这话我爸也跟我说过。"我说,"但交朋友对我来说很难。"

"嗯?"夏诚第一次露出疑惑的表情。

"一直以来我都不知道怎么跟别人交往,也想不通大家都在想什么。"我想了想说,那瞬间又想起梦真。但说起梦真的情况太复杂,暂且先不说为好。

"想不通大家在想什么?"

"就是不知道别人是怎么看待我的。"我解释道,"所以不知道怎么表现自己。"

"这样啊,"夏诚说,那种洞察一切的眼神再次出现了,"这么说吧,我爸以前经常带我去他应酬的场合,我在那里学到了很多东西。这些场合都大同小异，打个比方说，你进门的第一眼就得观察，坐在主位的人是谁一定要记住，坐在他两边的人也很重要，说是吃饭，但其实时间都花在喝酒上了，全桌十几号人都知道今天要哄谁开心。你可以很清楚地看到他们聚在这里吃饭的理由，一个是为了利益，一个是为了面子，就这么简单。"

"所以其实人们的想法没那么复杂，无非就是想要满足自己各方面的欲望而已。不光是酒局，所有的场合都一样。"

"怪不得你这么能喝酒。"我说。

"哈哈哈，你这个人怎么重点这么奇怪。"夏诚端起酒杯摇晃，笑着说，"不过我能喝酒也不只有这个原因，虚荣心只是其中的一个。"

"那是什么？"我问道。

"人年轻的时候，就该追求刺激、动荡、热闹的生活。喝酒只是其中的一种方式而已。你不觉得每天上课下课这种日子很无聊吗？能认识的人也就那些，学校这地方只会把人一点点磨平，把每个人变成同样的机器。"说到这里看着我说，"所以你以后要常来我的聚会，不要老一个人闷着，一个人闷着有什么好的，只会无聊和郁闷嘛。"

我点头说好，事实上，我也觉得一个人的生活只有无穷无尽的苦闷而已，这苦闷让我恐惧，像是一个人面对着漆黑一片的大海，随时都可能被吞没一样。我想起了上次喝酒时的微妙感受，那感觉的确可以称得上美妙，而那热闹的场景也的确是我一直所追求的。

我们说着这些的时候，董小满和安家宁还在说着悄悄话。

差不多九点的时候，夏诚提议去下一个地方，我说自己还要回宿舍，再说周六还有工作。夏诚一如既往地没再坚持，安家宁取来了车跟他先离开了，我跟董小满站在路边等车。

在等车的时候我忽然想到，每个人都有自己的目的，我之所以一直都是一个人，是因为其他人无法在我身上获取什么吗？那梦真也是因为这个原因离开我的吗？我不得不想到跟梦真在一起的点点滴滴，她给了我安慰，给了我目标，让我得以度过最难熬的时光，可我又给她留下了什么呢？时过境迁，回顾往事，只觉得自己像是坠入一团迷雾中。

耳边传来董小满的声音："在想什么呢？"

"没什么。"我回应道。我的困惑说不出口，一来是跟董小满刚认识，说这些未免太奇怪；二来是恐怕要说清楚这些得从小时候开始说起，我既无把握能够说得清楚，也不确定她能否听得进去。像我这般笨拙的人，内心所想的没有办法顺利地变成语言，即使变成了语言只怕也变了味。十分的事我说出来只有三分，到别人的耳朵里可能只剩下一分罢了。

董小满见我想事情想得出神，说："怎么刚说完一句话就又发呆了？说起来咱们第一次打照面还是在厕所呢。你不知道，我在外面敲门敲了多久哦，后来发现门没锁，一开门看到你醉倒在地上，吓了我一跳。"

"如果可以，我也想换一个认识的方式。"我摸摸头说。

"那好，就当我们今天第一次见面。"小满伸出手，认真地说，"你好，我叫董小满，初次见面，往后还请多多指教。"

"你好，我叫陈奕洋，初次见面，请多多指教。"我愣了一下，随即伸出手去。

回到学校的时候，已经快十一点了。整个学校漆黑一片，没有半点声响，我视线所及范围内只有三三两两几个人走着。我看着宿舍的光亮，突然想起自从梦真离开后，就再也没有人跟我说过这么多话。回到宿舍后，我翻了翻手机，一条信息都没有。

当安静再次袭来的时候，那种被大海包围的感觉也如约而至。明明北京的空气就是无比干燥，我却仿佛还活在故乡的那个小镇，恍惚间竟然有下雨的声音。当然没有下雨，是我的脑袋出现了问题。经历了热闹之后，我再也受不了孤身一人，可现下毕竟无处可去，我的思绪也越来越乱。最终所有的思绪都涌向梦真，像是所有的小溪都奔向大海。我想起一起走过的街道，想起她的长发，想起她的侧脸，想起她的笑容，想起在音像店的第一次见面。慢慢地画面开始失去焦点，身后的街景模糊不清，音像店变成虚影，就连梦真的模样也在变模糊。最后梦真也消失了，所有的回忆画面变成了一片迷雾。

当整栋楼的灯熄灭之后，我久久不能入睡。

宿舍里的黑夜暗得不可思议，没有一丝光亮，我在黑夜中睁开眼，跟闭上眼睛没有任何区别。午夜之后的时间太过于漫长，长得足够让我的思绪无边无际地四处闲逛。我想到了安家宁和夏诚，不由得想象着如果梦真此刻在我身边会是什么情形。如果此时此刻梦真还在身边，我的生活就不至于如此单调了。我们会在新世界里一同前行，身旁拥有彼此的陪伴，不会存在什么不安，也不会存在迷茫。可是梦真已经不在这里，我甚至不知道她身在何处。曾经的憧憬和向往失去了意义，通往那个世界的大门随着她的离开就已经关闭了。

我在脑海中想象着下雨的声音，想象着雨水打在玻璃上，打在草地上，可就连下雨的声音我都想象不出来了。脑海中所有的雨都落进了包围我的海里，遥远而又无声无息。

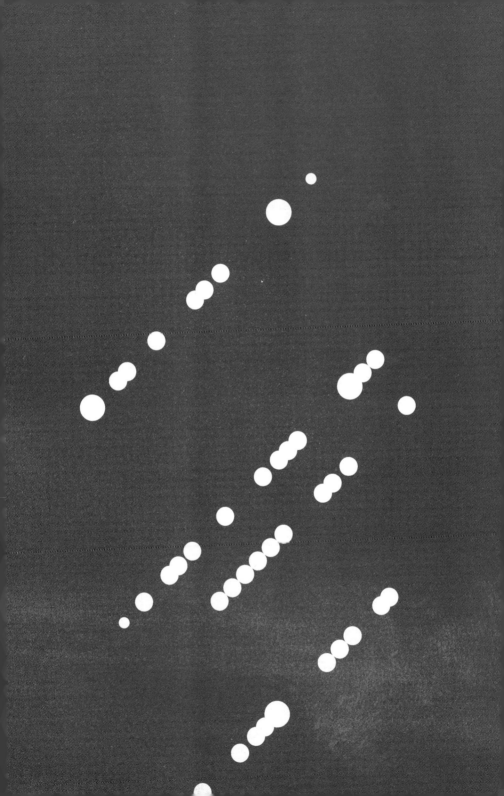

没 有 时 间 的 钟

我越发无法忍受孤独，可大多时候却又无处可逃。

我试着按照夏诚的方式去看待周遭的世界，可依然搞不懂人们所想的是什么，依然对人际关系充满困惑。我不由怀疑夏诚所描述的方法是否适合我，说到底我也没有他那么聪明。

自从气温骤降之后，他就很少来上课了，我们在学校很少能够见面，但他喝酒时的确也会叫上我。通过夏诚，我多少学会了在喝酒的场合应该做的事。其实这算不上特别困难的事，即便对我来说也是如此，靠着酒精我轻而易举地融入了这些场合，从某种角度上来说，是身体里的另一个我发挥了作用。在这时黑夜才显得不那么漫长，只是哪怕我无比想要喝酒，也找不到除他以外能够一起喝酒的人。

只要变回白天的自己，我就依然沉默寡言。我照常上课，照常工作，按照时间表生活，至于生活到底有什么意义，我丝毫想不明白。书店的工作还算清闲，我边工作边读完了几本书，只是进入书本所描述的情景需要花费的时间越来越长，以前只需要拿起书就可以读下去，后来需要半个小时的准备时间，到最后只有在书店的时候还能抽空读上一些，其他的时间我都提不起劲儿翻几页书。

一月一到，就立刻迎来了期末考试。

夏诚认真起来，我也把自己置身于图书馆，恍惚间觉得这才是大学应该过的日子。但遗憾的是，这种感觉随着期末考试结束就很快消失了。说到底，或许我是那种必须被逼迫着才能做一件事的人。

考完试后，我订了回家的火车票，舍友们都对回家这件事欢呼雀跃，像是终于迎来了解放一般。唯有我觉得迎接我的是牢笼，根本不知道怎么面对自己的父亲。

果然，回到家中，父亲只是说了一句"你还知道回来？"，除此之外，一句话没再多说。母亲也顺着父亲的意思，没有跟我多说话，我宛若家中的局外人。可过年期间又免不了跟父母一同走亲访友，亲戚关切地问我在大学的生活怎么样，父亲便抢先回答说一切都好，这之后的话题总会转为对父亲的夸奖，这其中连一句过渡的话都没有，这是大人所特有的一种天赋。我只能这么想，并且沉默地配合。

即使家中的气氛让我觉得压抑，我也没有去其他地方。大多时间我把自己关在房间里，用上网来打发时间，我不想去任何地方，任何地方都有梦真的影子。

唯有回乡下看奶奶的时候，才会觉得不那么压抑，这成了我唯一的安慰。

我提前三天回到北京，放完行李，天刚刚黑下来，夏诚说晚点一起去喝酒，时间还早，就想着去书店看看。

"怎么这么早就回来了？"姜睿问道。

我胡乱编了个理由搪塞过去，又问他："你怎么也这么早？"

"家里待不下去。"他说道，"情况有些复杂。"

我察觉到他语气里的为难，便没有问下去。接着我们聊了一会儿关于书店的事，聊完他就忙工作的事去了。我随手拿起一本书，只是看了几页就看不下去了，大概是没有看书的心情，于是端详起窗外的风景。

书店在大学城的西边，这里是我们附近最热闹的地方。商场就在书店的右手边，电影院、电玩城、各种商店一应俱全，商场的另一边是一条小吃街，小吃街的尽头有一家旅馆。

街道上来来往往的清一色都是学生，大多都带着轻松的笑容，牵手走过的情侣大概是想去看电影，虽说冬天还没彻底过去，但分明呈现出一种春天即将到来的气息。跟街道上的人群比起来，来书店的人就少了许多，即使是来了，也大多不会买书回去，人们来这里只是为了在等人的空隙里顺带打发时间。看完窗外的情景，我又强迫自己看了会儿书，好不容易看完了半本，一看手机正是晚上八点。小吃街变得格外热闹，喝着啤酒的少年们身边通常都坐着一两个少女，少年们都做着极为夸张的表情，女孩们笑脸盈盈地看着他们，好不热闹，这一切都让我心生羡慕。

此刻的书店就显得格格不入，为了过滤掉旁边电玩城传来的音乐，姜睿（因为他工作认真，老板很喜欢他，把他当成半个店长来看待）就放一些舒缓的歌来调节气氛，他放的歌我几乎都没有听过，也只是这么听着，但有一首我越听越喜欢，往后跟姜睿成为室友后我才知道这首歌叫什么。

临近九点时，几乎每个人的心思都不在工作上了，大家谈论着一会儿收工后要做的事。我也想着要去喝酒，姜睿却认认真真地站着，他一言不发，认认真真对着本子，看样子是在算销售量。

这时走进来两个少年，旁若无人地说着笑话，声音极大。他们随手拿起几本书，翻了几页又不屑一顾地扔了回去，大家对这些事情习以为常，只有姜睿走了过去，一脸严肃地说："这里是书店，请不要大声说话。"

他每次都这么说，但几乎没有管用的时候，虽说大多数人在他说完之后的确会小声一些，但过不了多久又大声说起话来。大多数人都还不至于因为姜睿说了这句话跟他起冲突，这次是例外。其中的一个高个儿男孩说："这里都没人了，凭什么不让大声说话？"

"就算没什么人了，这也是公共场合，是书店。"姜睿说，从细微的表情中可以看到他的立场坚定，"还有请你爱护书本，不要随便弄出几个褶子。"

"神经病。"那个男孩说，"随便翻几页书还这么讲究。"

"有很多读者就是想买一本崭新的书，你破坏了他们的阅读体验，这很重要。"姜睿说。

"你看这个神经病说什么，"高个儿轻蔑地笑了起来，对着矮个儿男孩说，"一个破书店还这么讲究。你以为你是谁啊，我还就乱翻了，你能怎么着？"

一位年长的同事赶紧走过来打圆场，好言好语对两个男孩说话，言语里都是歉意，让姜睿也跟他们道个歉。姜睿怎么说都不肯，他站在原地，带着"不可思议"的神情说："是我的错吗？"

四个人就这么僵持着，我听到其他同事的窃窃私语，他们说着："都快要下班了，道个歉不就行了嘛。""就是啊，这么僵着我们也不能早走啊！""姜睿这个人也是，他不嫌麻烦我还嫌麻烦呢。"

还好事情很快就平息了，两个男孩要等的人在门口叫他们，他们也就没再停留，留下一句狠话骂骂咧咧地走了。这时那些之前还埋怨着姜睿的人，笑吟吟地走向他："你做得对，这种没有公德心的人就不应该给他好脸色看。""这年头的年轻人真的不行了，一点素质都没有。"他们说着诸如此类的话，跟刚才还在抱怨的模样简直判若两人。

转眼间书店又是一副其乐融融的模样，像是刚才什么事都没有发生一样。人有很多副面孔，并且可以无缝对接、切换自如这件事，即使我已经接触过多次，但还是觉得诧异和困惑：人们心怀鬼胎，摆上合适的表情，说着合适的话，并习以为常。

下班后我想着跟姜睿说几句话，但他似乎已经调节好了情绪。

其他人很快就走了，他照常巡店，把所有被弄乱的书都摆回原处，似乎完全没有被之前发生的事所影响。

自那以后，我注意到一件早就应该注意到的事。

同事们都有意无意地疏远姜睿，他的认真反倒成了一件不讨喜的事。

在越来越多的人对工作敷衍了事的时候，他依然从不偷懒，也似乎从不疲惫，像上紧了的发条，做事一丝不苟。

一个月后发生了一件类似的事，让我决心搬出宿舍。

像是蝴蝶效应一般，在这之后我的生活发生了巨大的改变。

事件的起因很简单，舍友看上了班里的一个女同学。

"不错吧，这个女生。"他给我们看那个女孩的照片，"可以打九分。"

"还不错。"我敷衍道，对照片里的女孩并没有特别的印象。

"看起来挺好追的嘛。"另外一个舍友说道。

"我也觉得。"他说。

不知道他们这个结论从何得来，我从她社交网络的主页里看到的，只是一些日常的照片而已。

隔了两天，他就发动了攻势。他搜索了很多所谓的追女孩的技巧，一直在网络上看这样的帖子。"凭什么她不收我的礼物？"没多久他垂头丧气地回到宿舍这么说道。

"哎呀，漂亮的女孩哪能那么容易接受你的礼物，不得假装矜持一下。"

"你继续送，我就不信她还能装多久。"

他们这么讨论着。

"你看看这个。"另一个舍友指着网页上的一条动态，"要不你也试试高调表白，别整什么小礼物了，直接准备点蜡烛和花，搞一场大型的表白算了。"

"能行吗？"他问。

"对她这种故作清高的女生肯定有用，"舍友说，"再说你送那么多小礼物不觉得费钱吗？摆个蜡烛才多少钱。简单直接，别再费劲了。"

我并没有把这些事放在心上，直到某个周日从书店回到宿舍，远远就看到一阵人群骚动。走到楼下时听到舍友正拿着喇叭高喊女生的名字，又用了很多关于永恒的词汇，大致是"海枯石烂""天崩地裂""永远爱你"这样的词。喊了大概十五分钟，全宿舍的男孩子都来了兴致，大家一同围观，并且都被这氛围感染了般地高呼"答应他，答应他"，我不知道他们的热情哪里来的，看起来好像他们才是当事人一样。

过了许久，那个女生才下楼，一脸困扰的模样。这神情反倒让围观的人和舍友更起劲了，以为这是"欲擒故纵"的招数。我看得出她的为难，僵持了一会儿，她才鼓起勇气说道："对不起，我不能跟你在一起。"

"哎，别扫兴啊。"人群中传出这么一句。

女孩听到这句话下意识地后退了一步，眼神里闪过一丝委屈。舍友靠近了一步，显得彬彬有礼，他摆出一脸诚挚的表情说："我爱你，我会对你好的。"

我至今仍记得那个女孩的表情，在蜡烛的映衬下反倒显得苍白，她的神色看起来是那样慌张，又是那样不知所措，或许她还是第一次见到这样的场面，或许她也不知道该怎么拒绝，毕竟说"不"就相当于跟在场围观的所有人为敌。我耳边浮现出舍友对她的评价："这种女孩很好追的嘛。"

女孩的犹豫和纠结让围观的同学再次骚动起来。

"快点啊。"人群中又响起了这样的声音。

女孩的身体开始颤抖，面对着咄咄逼人的氛围，流着眼泪说了一句对不起后，仓皇地逃回宿舍。剩下舍友留在蜡烛的中央，他前一秒的彬彬有礼瞬间不见了，取而代之的是怒火。人群作鸟兽散，脸上挂着看完热闹后的那种心满意足。舍友回到宿舍后，第一句话是："装什么装，居然让老子出了这么大的丑。"

第二天，流言就开始传遍学校，但版本换了一个模样。舍友变成了受害人，他的一片真心错给了人，而那个女孩仗着自己漂亮，不把我的舍友当成一回事。只不过一个下午的工夫，流言又换了一个版本，女孩变成了一个"荡妇"，说她在外边有好几个男人，更有人说曾经看到她上了一个中年男人的车，不知道她在背地里做什么呢。班里的几个男生说起这些来，居然能把细节都说得栩栩如生，那表情宛若身临其境一般。我的舍友装出一副难过的样子，还得到了同学的安慰。

他难过吗？我不知道，但他回到宿舍也只是立刻玩起了游戏，游戏打完又对新的女孩打起分来。

那个女孩自此就变得不再重要了，她变成了谈资，变成了一个标签式的存在，在众多的版本中，她到底是谁、她的名字到底是什么，已经没有人在乎了。

想到这些我如鲠在喉，不愿意回忆的那些场景又浮现在眼前。

到了夜晚，第二个梦境如约而至，梦里是初中时的画面，我正浮在空中，看着幼小的我一个人走在回家的路上，身后的人正在说着话。他们的神情逐渐变得狰狞，身体也变成了恶魔的模样，眼神里充满着不屑。他们的嘴里正吐着刀子，眼看那刀子就要落在那个幼小的我的身上时，我发出一声怒喊：快逃。

我惊醒过来，听到舍友的怒骂："神经病吧你，大晚上的喊什么喊。"转头他又呼呼睡去。

我什么话都说不出来，像是吃了什么不易消化的东西一样，整个人都呼吸不畅。脑袋里只有一个念头，我不能再把自己置身于这里。

至少要搬去一个能让我呼吸的地方。

晚上九点我跟夏诚见面，他选了一个能看足球赛的地方。喝酒时我跟他说了要搬出来的念头，"你住我那里去就好了。"他说。

"我自己找房子住就行，只是问问你有没有什么熟悉的房源，再说这样也不方便，安家宁不是经常去你家吗？"我说。

"我无所谓的，她肯定也是一样。"

"不了，"我坚定地说，"不想麻烦别人。"

"好好，"他说，"不过我支持你搬出来，像你这么实在的人，肯定免不了被欺负。"

"不是这回事。"大概是我之前的语气让他这么觉得，怕他误会，我赶忙解释道，"真的只是想换个地方住。"

"你得改改你的性格，别那么好说话，"他只当我是掩饰，说，"要坚硬一点，给自己安上一个壳。"

"安上一个壳？"

"这样才能不被别人伤害嘛。"他说，"很简单，要想不受到伤害，就得对一切都毫不在乎，或者只在乎那些你能把握的东西，要做到这点，就得用一个坚硬的壳把自己的内心包裹起来。"

"那岂不是像乌龟一样。"我笑了起来。

"明明是钢铁侠，"他说，"你最近没去看电影？就去年上映的那部。"

"还没。"我摇头。

"你看了就知道了，就是一个高科技的盔甲，套上那个盔甲以后所向披靡，"他的视线看向前方，又看回我，说道，"就能想做什么就做什么，受人尊敬，万人景仰，并且因为你有能力，没人能对你说什么。"

我那时还没有看《钢铁侠》，还不明白托尼套上这层盔甲是为了保护自己心爱的人，很显然夏诚要说的完全不是这个意思，他在意的只是所向披靡这件事。

"这对你来说很重要吗？"我问道。

"对每个人来说都很重要的啊。"他说，"人往高处走，这是生存本能。"

电视里正放着西甲（应该是西甲吧，我对这些搞不清楚）的球赛，不知道是哪个球队进了球，酒吧一片欢呼。夏诚也举起酒杯喊了起来，接着对我说："你看足球赛为什么这么让人着迷，因为它道出了社会的本质，社会的本质就是竞赛，有能力的人就能赢得比赛，输的人就只好受人唾骂，接受球迷的颐指气使。"

"听起来还真是残酷。"我说。

"就是残酷的，"他说，"冷漠又现实，世界就这样，只有结果才重要。你看谁会记得输了比赛的人？他们也不可谓不努力了吧，但态度这件事跟结果比起来谁在乎呢。"

"所以你的意思是，人活着就要赢得每一场比赛吗？"

"当然。"他叫来服务生又点了一杯酒，我也跟着要了一杯。

"爬到聚光灯下面的人，才会有人在意他们的人生，难道不是这样吗？"

"可如果那些人只是假意奉承你呢？"我问道。

"这无所谓的，虚情假意是这个世界能够表面平静的准则，如果每个人都在意这些，社会岂不是都乱套了？再说，他们的真实想法能改变你的人生吗？虚情假意也好，真情实意也罢，表面上的表现不都是一样，又为什么要去在乎？比起虚情假意，无人问津才是最可怜的。"

我不知道如何反驳，说不上来他的想法是对是错，或许这世界上压根儿就没有绝对的对错可言。同时又觉得夏诚的话有一种说不出的尖锐，我疑惑平日里那个亲近幽默的夏诚去了哪里。或许锐利才更接近于他的本质。

"那要用什么样的方式呢？"我说。

"你想想构成比赛的因素是什么？"他反问道。

"比赛规则？"我试着说出答案，但并无把握。

"没错，"他说道，"还有裁判和队员。你掌握好这个世界运转的规则，再跟身边的人打好关系，赢得比赛的概率就会大上许多。"

"这是你为人处世课堂里的一堂课喽？"我说。

"当然，而且是必修课，有时候就要在规则中找一些能够快速通关的办法。"他说这话时嘴里发出类似打响指的声音，我注视着他的脸，但看不出任何表情。他抽烟时我就想着他所说的话，不知道为什么想到了姜睿，我没有根据地觉得，如果是姜睿去踢一场比赛，他一定是那个磨炼自己脚法的人。

喝到快十一点的时候，他便喊来服务生结账，说喝到这个点儿正是可以去下一场的时候。

我们接着去的酒吧相当吵闹，说话都听不清楚，夏诚介绍完他朋友的名字后又加了一些头衔，这些我都听不懂，但也知道毕恭毕敬地敬酒。很快大家就是一副熟络的模样，就像是我们很早以前就认识了一般。仅仅是通过敬酒这个举动就能让距离感消失得无影无踪，人际交往中还有什么比这更轻松的事吗？

这之后我就想着要搬家的事，一直都找不到合适的房子。

一个人要住在校外所需要的花销远比我想象的更多，我不得不再次感叹夏诚的优渥。无奈之下，如果有课我就尽量晚回宿舍，等到快熄灯才回去，一到周末就跟夏诚喝酒，喝到四五点后再去他家借宿。

我原以为这个家都是安家宁布置的，自然也有她生活的痕迹，但唯一能体现出安家宁存在的，只有那情侣样式的牙刷杯和拖鞋。

奇妙的是，见到安家宁和夏诚在一起的时候，我又能感受到他们之间的爱意存在。那种特属于情侣之间的默契，他们的相处模式，他们的对话，无一不体现着他们的感情深厚，我尤其羡慕安家宁看夏诚时的眼神，那种全世界里只有你在闪光的眼神，我绝不会认错。

或许他们的相处模式就是这样吧，不需要太过占据彼此的空间，也能让彼此的感情不变。真是让人羡慕，我想。

就这样三月过去，四月到来。

北京的风终于暖和起来，树叶也重新发芽，一切都是充满生机的模样，走在路边居然能看到花了。湖边的鸭子又回来了，它们比去年我见到时好像长大了一些。

梦真出现在我梦里的次数少了许多，或许这也是酒精的作用，靠着夏诚，我学会了喝到微醺的诀窍。夜晚时的我是一个更放松的自己，靠着酒精、音乐、香烟和昏暗的灯光，我没费太多力气就把困扰的事情抛诸脑后，在这样的场合，我陷入了一种类似于混沌的状态，开心起来是一件很容易的事，思考自然也没有存在的必要。

跟舍友格格不入，书店里的人迅速翻脸的态度，从未找到自己在这个世界的位置，唯一理解我的人离我远去……这些事都无关紧要，只要有酒精就好，至少到了夜晚就会有人陪伴。

这是如夏诚所说的充满热闹的世界。在这个世界里，男男女女聚在一起，即使是第一次见面也不会生疏。所有人都像是戴着面具，面具下真实的面目不再重要，或许有人会对这样的世界充满不适感，但我却觉得自在，这代表着我不必小心翼翼地对待周围的人。与此同时，他们还会在喝酒之前对我表达恰到好处的关心，那说话的语气在酒精的衬托下显得极为真诚。

这么想来，酒精是医治我这种人的绝妙良方。它既让我忘记了他人的想法有多么可怕，又让我释放出了完全不同的自己，从而交到了一些朋友，同时还能让黑夜变得不那么漫长，一举三得。

我的面孔也不再那么乏善可陈了。

这是我在刷牙时突然发现的事，诚然，镜子里的自己还是那张脸，但仔细辨别就能看出区别。因为许久没有理发，头发长了许多，如果不仔细打理，甚至可以挡住我的眼睛。以往我都会固定找一个时间理发，但现下觉得这样的发型也不错。我好像瘦了一些，鼻梁显得高了起来，两边的颧骨也更高了，从侧面端详自己的脸，有种坚毅的错觉。只是眼里没有什么神采，并不是因为宿醉而没有精神，更像是颜色从我眼里消失了，原本漆黑的瞳仁如今看着显得有些透明。

我深吸一口气，把自己拉回现实，再次看向镜子里的自己。

我试着回忆梦真的样子，这还是这些日子以来我第一次主动回忆梦真。果然，我恍惚间有种错觉，回忆里的吴梦真和陈奕洋，只是两个陌生人。

这感觉并没有让我诧异，反倒让我心满意足。我找到了遗忘的办法，找到了自己的安居之地，或许这就是这个世界的规则，每个人都在成长中变成另外一个人，没有什么好大惊小怪的。我很快说服了自己。

这样的日子又持续了一段时间。白天，我眼里的世界变得更透明了；夜晚，我眼里的世界才有了些许色彩，这种色彩是酒吧里橙红色调的射灯，是透着酒瓶看到的暖昧色调，是深夜走在最繁华的街道上看到的黄色出租，在黑夜的映衬下，这些色彩让人恍惚，让人沉沦。

孤独，理解，未来……为什么要去思考那些让人困扰的事情呢？何况，我并不孤独，当时我这么告诉自己。

我以为自己终于融入了新世界。

在这之后不久，我的世界里出现了董小满。

CHAPTER. ————————

在 你 的 心 上 向 外 跳 伞

04

四月底的一天，我正在书店打工，书店每天的气氛都差不多。大部分人走马观花似的翻上几页书，过不了多久又翻起了下一本，再过一会儿手机响起来，他们便随手放下书本转身离开。

　　中午摆好的书架，只过了一会儿就会被弄乱。我瞥见有一本书被随意地摆在了一边，橙色的封面颇为显眼，料想是哪个顾客翻了几页，就丢在了一边。

　　我想着把这本书放回去，拿起时顺手翻了一页。

　　"时间带不走的有两样东西，一个是跟自己相处的能力，一个是跟你步调一致的人。我们独立地在各自的道路上奋斗，彼此看一眼都是安全感。"

　　我一眼就看到了这句话，总觉得有些虚无缥缈，跟自己相处的能力是什么，又为什么这样会给人带来安全感，我暂且弄不清楚。

我也只是想了一会儿就不再想下去了。不必每件事情都想清楚，这样只是自寻烦恼，这是我最近的心得。

我打算再翻几页，突然感觉到窗外有人跟我打招呼，定睛一看才发现，是董小满。我跟她已经快半年没有见，她的打扮依然看似简单却又恰到好处，穿着整体是淡蓝色的色调，脚上是一双白色的球鞋。头发剪短了些，衬得她的眼睛大而明亮，那眼神里散发着我所没有的神采，跟窗外的景色相得益彰。我注意到她耳朵上的耳环很好看，但又不是那种看起来会晃眼的颜色。她身上散发着一种自然而又不做作的东西，给我的感觉就像是春天新长出的小树苗。她看到我的视线后，就笑了起来，那笑容点缀着她的脸庞，散发出一种久违的清新感。

"我之前就看到你了，"她走了进来，走到我身旁说，"好像是十二月底的时候吧，我路过的时候看到过你几次，看你盯着书出神，就没有打扰你。今天恰好路过，又看到你了。"

我心想那阵子还看得进去书，甚至可以说书是我生活里唯一的乐趣。

"怎么头发这么长了？"她问道。

"有段时间没理了。"我说。

"最近怎么样？"

"还不错。"我答道。

"那就好，"她笑着说，"你好像变化挺大的，不只是发型。

是什么词来着，哦，对了，气质改变了嘛。"

我不知道该说什么，她环顾四周，像是想起什么似的回过头问我："给我推荐一本书吧，说起来我好久没读书了。"

"喜欢什么类型的？"我问道。

"春天应该读一些温暖的书，"她想了想说，"就爱情类型的吧，但是我要看一点儿特别的，那种完全心灵契合又心意相通的恋爱。"

"恋爱不都这样吗？"我说。

"有吗？"她故作神秘地说，"我可不这么觉得哦，现在到处是充满戏剧化的故事，人们在乎的是情节有多曲折，压根儿不在乎恋爱时的心理活动。"

"心理活动？"

"心动的瞬间，心动后的纠结，爱上一个人之后的自卑，想靠近又不敢靠近的感受，这些才是恋爱的精髓嘛，我想看的就是这样的故事。再次提醒，不要给我推荐狗血的书哦，恋爱的伟大之处可不是非得生离死别才能体现的。"

我一时间想不起来曾经读过这样的书，还好就站在书架边，我顺着视线望过去，看到了曾经读过的一本书，就拿起来递给她。这本书叫作《傲慢与偏见》，我至今仍不知道为什么选了这本书，或许是潜意识发挥了作用。

"谢谢！"她接过书说道，"这本书我还一直没看过呢。"

"你应该会喜欢。"我说，其实心里也没有底，书里的故事我已经忘了大半。

"你下周末也在这儿打工吗，都几点收工？"

"在的，一般晚上九点半收工。"

"那我们就约下周六的九点半吧，在前边的咖啡厅见面。"她笑着说，"如果这本书很好看的话，请你吃饭。"我很久没有看到这样的笑容了，那是无比生动的笑容，她笑起来的眼神也像闪着光。我突然想起喝酒时大家的笑容都藏在灯光里，眼神压根儿是看不见的。这让我有些恍惚，人笑起来的时候眼里应该是闪着光的吗？

"好啊。"我说，"不过也没有必要特地……"

"当然有必要。"董小满抬起手打断我，说，"一本书能带来很多东西呢，你不觉得吗？"

"嗯。"我答道，为自己许久没翻书而心虚。

我对眼前的书本视而不见是从什么时候开始的？

"对了，这本书我也买。"她指了指我刚才顺手翻的书，"我觉得跟这本书有缘分，如果我今天不出门就不会想到来书店，如果你不是正好拿着这本书，我也压根儿不会注意到它。"

"很有趣的想法嘛。"我说道。

董小满走后，我也买了一本《傲慢与偏见》，想着应该把这本书再读一遍。这本书我还是很小的时候读的，如今已经忘了里面的故事。下班时跟姜睿打了个照面，他问道："怎么想到读这本书？"

"很久没有读了，里面的故事都已经不记得了。"我说。

"好的书是应该多读几遍的。"他赞许地说。

九点半刚过，夏诚就打来电话，邀我晚上去喝酒。

到他家时，他也差不多准备出门，见我手里拿了本书，打趣道："怎么，准备一边喝酒一边读书？"

"打算过两天看。"我放下书说道。

"也是，你在书店工作，整天跟书打交道。"他说，又照了下镜子，细心地整理衣服上的褶皱，任何细节都不放过。

"你最近还经常看书吗？"我想起夏诚的书柜上摆着许多书，几乎都是管理类和心理类的，卡耐基的全集很厚，放在了中央，有一次我顺着书架看过去，还赫然看到一本《资本论》。

"看啊，你别看我这样，我还是会读书的。"他又看向我手里拿的书，"不过很少读你拿回来的这种类型的书，派不上用场。"

"派不上用场？"我疑惑道。

"没有立刻能用上的技能，那些故事也不一定记得住，过了一段时间就忘了。"他说。

"嗯。"我点头。

"一个人读什么样的书，基本上就能看出他想成为什么样的人。"夏诚似乎想对自己的看法做出补充，说道，"反过来也一样，一个人是什么样的人，才能读得进去什么样的书。你手里的那本书，看起来就不像是我能读进去的。对我来说，性价比太低了。"

夏诚说的话我总是需要琢磨一会儿，但我没能想多久，他就催促我赶紧出门，我便回到房间里整理发型去了。

直到下个周六快要到来的时候，我才想起还没有把《傲慢与偏见》读完。

　　我这一周都干了什么来着？我努力回想，但除了酒局和上课以外，想不到自己还做了什么事。我好像只是不停地上网，社交网络上流行起一个叫"偷菜"的游戏，到点儿就能偷别人家的菜，以此获得积分。仔细想想这个游戏好像一点儿意思都没有，可我还是乐此不疲地玩了很久，明明手头就有一本书要读。

　　到了周六，我难得起了早，九点半就醒了，夏诚还在睡觉，我便小声洗漱。趁着还有些时间才需要工作，就想到去图书馆把剩下的书读完。走在学校的路上，我发觉周末的清晨有一种跟夜晚截然不同的惬意，到图书馆时发现人还不多，我关掉手机，强迫自己读书。

　　这是一种全然不同的气氛，身边的人也感染到了我，我很快就把这本书读完了。环境在某种意义上完全能影响一个人，我想起了小时候听说的一个故事，一个伟人可以在菜市场安静地读完一本书。伟人之所以是伟人，就是因为他们做了常人所不能做的事吧，算了，我做不了什么伟人，能在图书馆安静地读完一本书已经让我心情愉悦，真是一种已经久违了的感觉。

　　一到下午，整座城市就又规律而喧闹起来，这让我觉得上午去的图书馆简直像是另外一个世界。一切又回归了之前的模样，书店里，人们说话的神态、翻书的表情，甚至窗外络绎不绝的人群都是一样。畅销书架上几乎摆满了关于旅行的书，不是谁又去了什么地方做"沙发客"，就是谁背上行囊远走他乡，有些书的书名只差了几个字，但不妨碍人们买下这些书。也就这儿有一些人了，相比起来，在名著区徘徊的人少之又少，可以说是到了无人问津的地步。

我想起夏诚说的话，一个人读什么样的书，基本上就能看出他想成为什么样的人。或许一个时代流行什么样的书，基本也说明了这个时代的特征是什么。

晚上九点不到，董小满就出现在书店，我问："怎么来这么早？"

"也没什么事做嘛，"她说，"过来转转，顺便等你下班。"

说完，她就自顾自地走到书架边，看样子是又挑了两本书，付完钱她冲我招招手，意思是先到咖啡厅等我，我点头。

这家咖啡厅很小，只有六张双人桌。眼下也只有四个人坐着，大家都在小声说话，显得极为安静。我刚开始还有些诧异，直到瞥见收银台边睡着一只小猫。一只灰色的小猫咪，长得极像招财猫，睡姿也像，头搁在桌上，爪子蜷在头边，耳朵时不时地动弹，但眼睛没有睁一下，看样子睡得很熟。董小满坐在窗边，我也跟着坐下，桌面很整洁，一旁有一个书架，书架上摆着几本书和绿植。墙漆成了漂亮的绿色，是那种树枝长出新芽的嫩绿色，灯光是暖调的黄色，因此，整体颜色刚刚好，不会觉得刺眼。

"第一次来的时候我就想着，将来开这样一家咖啡厅该有多好。"董小满说道，接着便给我推荐这里最好喝的几种咖啡。

"的确很不错。"我由衷地说。

"我这个人不情愿坐办公室，那种生活不适合我，要赚很多很多钱这种想法也没有，就想开一家咖啡厅，布置成自己想要的样子，简简单单。"她说道。

"挺好的。"

"你呢？"她饶有兴致地看着我。

"不知道。"我只好实话实说，"目前我还没有找到真正喜欢的事，但也不想坐办公室。"

"你也不喜欢那种生活吗？"她说道，"我总觉得那样的生活缺乏想象力。"

"缺乏想象力"，我在心里重复了这五个字。

"不过话虽这么说，到时候可能也免不了坐办公室啦，"她补充道，"说到底只不过是一个想法，道路漫长得很呢。"

"我没想那么多，"我想了想说，"只是单纯不喜欢，不太擅长与人打交道，身上也没有什么闪光点，普普通通，恐怕适应不了那种竞争的气氛。"

"我不觉得你没有什么闪光点，"董小满认真地说，听得出来她语气里的诚恳，"就没有人说过你很认真？"

很认真？从来没有人这么形容过我。

"每句话都很认真，打招呼的时候很认真，别人开玩笑的时候你也很认真，满脸严肃。"她看着我说。

"也不是认真，有时候我不太明白人们到底在想什么，新潮的东西我也不是很了解，所以需要反应时间。但一旦有反应时间，那个话题就过去了。"

"也很坦率。"她说，"你不掩饰自己。"

我没做任何回应，觉得任何回应都不恰当，只好沉默不语。

服务生端来咖啡，董小满道谢后边喝咖啡边看着窗外。我也跟着一起看向窗外，依旧是散不去的人群，小吃摊一幅热闹的景象，隐隐约约传来了电玩城的音乐声。我转过视线，那只小猫不知道什么时候睡醒了，此时此刻不知道到哪里去了。

"这本书的故事我很喜欢。"董小满打破沉默，说，"不好意思，刚才想别的事去了。"

"没事。"

"我总觉得现在有点不太一样。"她说。

"什么不太一样？"我不知道她怎么突然说这个。

"我喜欢达西，喜欢伊丽莎白，喜欢他们内心的纠结，喜欢他们突破了傲慢与偏见，达成了真正的理解。看完这本书后我又想了很多，"她说，"听听我的想法？"

"嗯。"我点头，等着她要说的话。

"因为一些原因，嗯，抱歉现在不方便说这些，我直接说结论好了，你不介意吧？"

"当然不。"我说道。

"小时候经历了一些事情，让我一度怀疑爱这种东西是不存在的。即使存在，也不会发生在我身上，"她说，"忘了是哪天，我的父亲说了一句话，'如果你自己都不坚信一件事情的存在，那么这件事就永远不会发生在你身上'，说实话，这句话从他的嘴里说出来一点信服力都没有，但也不知怎么的，这句话就种在了我的心里，或许是随着成长，察觉到了我父亲对我笨拙的爱，这段时间内还发生了另外一件事，让我重新对未来有所期待。"说到这里，她停了下来，喝了一口咖啡，笑着问我，"说了这么多，还是没有说到重点，该不会听不下去了吧？"

"怎么会，听得正是最认真的时候。"我说。

"那我继续说了，不说我父亲了。总而言之，我相信了他的那句话，并且把这句话当成人生准则，可最近我发觉这句话有点儿不对劲，身边的好朋友，包括我自己，都没有得到想要的爱情。"说到这里她停了下来，像是在看我的反应，见我没有产生任何疑惑就继续说道，"我一直在等一个人，那个人要理解我，要知道我的心里想的是什么。就像是发生了一件事，他会不管对错，坚定地站在我身边，但这样的人我一直都没有遇到。上学期快结束的时候，我们聊到感情的事，舍友对我说'这年头你哪能等人慢慢了解你呀，等到那时候，他早就想着另外一个人啦'，她说得像是起床洗漱一样轻描淡写。你可能不懂，对女孩子来说，这种话就相当于晴天霹雳一样。我总觉得不该是这样，就一直想着这句话。"

我认真地听她说着，她稍微停了一下，眼眸转动，像是要组织接下来要说的话。

"可后来我发现她说的是真的。每个人都好像有很多选择，列出一堆条件，ABCDE，一条一条地打分，条件满足了就可以在一起，互相理解、互相喜欢这些事不再重要了，这让我觉得有些可怕。"
她说。

她喊来服务生，又要了一杯水，我意识到自己的水杯也已经空
了，也加了一杯水。咖啡厅本来坐着的人不知道什么时候走了，那
只猫咪又回到原处呼呼大睡起来。

"我恐惧的原因有两点，像我说的小时候遭遇的事情就跟这点
有关，另外一方面我觉得这样的爱情太缺乏想象力了，那基本上只
是随便找个人搭伙过日子而已。"她继续说道。

"想象力？你之前也说了这个词，很在意这点吗？"我问道。

"在意得不得了，"她说，"我最害怕的就是有一天思维僵化
了，看什么都一个样，生活变成固定的模式。就像是每天坐一样的
地铁，乘客就是那么几个，他们讨论的话题也是那么几个，说一样
的话，开着大同小异的俗套玩笑，我还得乐呵呵地跟着一起笑。这
种事让我受不了。在我心中，爱情可以让世界变得有趣，它是一件
惊天动地的事，因为两个人会一起创造出全新的世界来。创造才是
爱情的魔力，两个人在一起什么好玩的事都乐意去做，去探索未知
的世界，去做很奇怪又任性的事，去海边等日出，去沙滩捡贝壳，
可现在的人呀，压根儿就不在乎沙滩上有没有贝壳这件事了。"

"而且每个人的爱情应该都是不一样的，各有各的精彩和浪漫，
可现在人们计较的都是得与失。当爱情都变成一样的模式，变成了
表面的攀比，变成了打发时间的方式，那又哪来的期待呢？我觉得
不对劲就是这些。"她说道，"读完《傲慢与偏见》的时候，我就

在想，或许人们用这种态度对待爱情，本身就是一种傲慢与偏见。"

"你看书的角度挺有趣的。"我佩服道，"很多人在书里看到的都是别的，女性地位，婚姻关系，还有当时其他的社会现象什么的。"

"因为心境不同吧。"她说，"不同的时间点读同一本书，也会看到不一样的东西。"

"或许生活的本质就是这样，"我说，"因为寻求不得，所以退而求其次，不同的人想要的东西也不同。"

"我明白，可就是不想这样。"董小满说。

其实还有一句话我没有说出口，就算真的寻求到了，也最终会失去。这世上根本就没有能够永远保鲜的感情存在。

"没想到说了这么久。"她说道，又看了看时间，有些不好意思地说，"都快十一点了，不过跟你说完这些，我发现其实我是有答案的。"

"我也很开心能有人跟我说这么多，我时间也还算空闲，平时大概也只是在喝酒。"我说。

"最近一直在喝酒？"

"这一个多月来经常喝。"我说。

"几乎每天都喝？"

"嗯。"

"喝到什么程度？"

"喝到天亮吧。"我答道。

"喝到事事围绕着喝酒的程度"，这句话我自然没有说出口。

她似乎很感兴趣，问了些喝酒时的情形，问我喝酒时都说些什么。我便说喝酒的场合都大同小异，只不过身边很热闹。我说起喝酒时发生的一件趣事，说到一半发现这件事突然变得索然无味起来，或许是现在的气氛不对。

"这么说来，好像平日里你也不会见到他们。"她说。

我点头，说："像是在特定场合会出现的特定的人。"

"那很难称之为朋友吧？"她说。

"也不是这么说，我觉得大家相处得很愉快。"

"不觉得这样缺乏了一些什么？比如像朋友之间肆无忌惮地说心里话，喝酒也是应该跟朋友一起喝才真的开心，听起来你连他们的名字都没记太清楚。"

"我想我不需要这些。"我说。

"怎么会不需要呢？"她惊讶地反问道。

怎么会不需要呢？我想起曾经我是多么渴望与人互相理解，可一旦无法遇到，随之而来的就是偏见和痛苦。就算平日里没什么联系也没什么不好，至少喝酒时大家表现得还算是熟络的样子，当然说不了心里话，内心深处的想法可能永远不会跟他们说。但这又怎么样呢？人们之所以在黑夜里制造光明，不就是为了抱团取暖吗？这种温度虽然比不上与人相拥，或者是被人理解，但也够用了不是吗？对于我来说，只要让我不孤独就好了。

我在心里想着这些。

"其实我有这样的一种感觉，感觉你的心思并不在喝酒这件事上。"董小满认真地看着我，那模样像是要把我整个人都"吞"进她的视线里，"可能是因为我经历过一些事吧，所以看人总是看得仔细些，你的眼神很沉重，第一次见你的时候，我就有这种感觉。我想你也背负着某种东西生活。"

我突然觉得口干舌燥，拿起杯子想喝水，没有发现杯子里的水又被我喝完了。这点小事让我慌乱起来，我慌忙把杯子放回桌子，杯子和杯托相碰发出"嘭"的声响，这声响让我眼前浮现出前阵子看到的那句话，"安全感"三个字浮现在我面前。

我不知道为什么这三个字会如此清晰地出现在脑海里。

"对不起，"董小满带着歉意说，"我不该这么说的。"

"没事，是我的问题。"我说。

"如果愿意的话，你可以对我说。"她真诚地说道，"有些问题不见得马上会有答案，但在说出来的过程中，会让自己的思维变得清晰。"

我原本什么话都不想说，但看到小满一脸认真的模样，像是在等我说话。我想了想，还是这么说道："不知道该怎么说，很多事情已经过去了一段时间，何况过去的事情即使再说一遍也没有任何意义，发生了就是发生了。"

"没跟任何人提起过？"

"是这样。"我说，"当作没有发生过，这是最好的办法。"

　　董小满沉默半晌，说道："我们每个人都是由过去的自己组成的，如果对过去视而不见，一直逃避，你的处境就会变得很糟糕了。无论如何，过去发生在你身上的事情是不能当作完全没有发生过的，那样你就不是你自己了，我们能做的只有去面对。"

　　这句话让我的大脑混乱起来，这时夏诚发来信息，围绕在我们头顶的那种化学反应也随之不见了，这只是一眨眼的事。就像我现在回想起今天的清晨，那种惬意感也索然无味起来。我满脑子想的只是喝酒这件事，另一个自己正在蠢蠢欲动，他告诉我，今天的对话可以到此为止了，剩下的时间我应该把自己交给酒精。董小满好像有话想说，但最终什么都没说。

CHAPTER. ─────────

05

没 有 树 的 森 林

五月到了，我剪了头发，实在是太长了，时不时戳到我的眼睛。

　　到书店时，姜睿一眼就注意到我剪了头发。"剪头发了？"他问。

　　"嗯。"我答道。

　　"整个人焕然一新了。"他说。

　　"谢谢。"其实我没有感觉到所谓的焕然一新，但还是这么说道，"我也觉得。"

　　因为是劳动节假期，我一连工作四天，到了第五天终于可以好好休息，夏诚回到自己家住了，把钥匙留给了我。醒过来的时候是中午，我想着难得是假期，应该出门逛逛，便走到大学城边的商业街去了。走到商场的门口，电视屏幕上正放着一部电影的预告，都是灾难场景，我驻足看了会儿，才明白这部年底会上映的电影是讲世界末日的。突然想起来，最近网络上很流行一种说法，说是玛雅人的神奇预言，2012 年会是世界末日。我心想，如果是真的世界末日也不错，末日面前，人人平等。回过头就在街道的另一边看到了也正在看这部电影预告的董小满。她也看到了我，笑着跟我打招呼。

"陈奕洋。"她喊道，身边站着几个朋友。

"这么巧。"我说。

"整个大学城能逛逛的地方只有这里嘛，"她说，"我跟朋友正准备去吃饭，要不要一起？"

"不了，"我说，"我想闲逛一会儿。"

"那你等会儿还有没有空？"她说，"可以一起看个电影呀，等我吃完饭？"

"好啊。"我看了眼时间，说，"也没有要紧的事要做。"

电影极其糟糕，几乎没有任何感情戏，剧本也不知道要表达什么。看完的唯一感觉就像整部电影都是为了男主角而服务的，那些无用的打斗情节毫无逻辑，但都无一例外地体现了男主角的身材。看完后，她提议去上次的咖啡厅坐会儿，我点头。

"你觉得这电影很无聊吧？"坐下后她这么说道，"不好意思拉你陪我看，我原本以为是部很棒的电影。"

"没关系。"我说，"也好久没有看电影了。"

说完我忽而忆起自己以前特别喜欢电影院的气氛，一片漆黑，屏幕是唯一的焦点，身边的人就坐在你身边，你们正在做同一件事，大家会被同一个剧情所感动。这无形间拉近了人与人之间的距离。我之前就是这么想的。现如今酒精可能也能起到类似的作用。

"等下次请你看电影赔罪，"她说，"说起来你经常一个人出来闲逛吗？"

"刚来的时候到处闲逛，现在很少这样。"我说。

"那你一般都会做什么，除了喝酒。"她问。

"没有什么特别的，就是上课，下课，上班，下班。"我说道。

"这种时候总是一个人吗？在学校里就没认识一些新朋友？"

"嗯。"我点头。

"也不是谁天生就擅长跟别人交流的。"她用吸管搅着果汁，用手撑着头说道，"而且上了大学之后我发现跟别人交流的冲动就少了很多呢。怎么说呢，总觉得上了大学之后跟身边的人就有了距离感，从某种角度上来说不太合理呢，明明这年头想认识一个人很简单，有手机，有社交网络，但就是有距离感。老实说，我也没想到来了大学反倒没认识几个新朋友。"

她说这句话的时候神情显得很放松，看起来并不为此困扰。

"不过好在一直有几个好朋友，我们还是可以敞开心扉地说心里话，她们让我觉得很安心。"董小满接着说道，"朋友就是有这个作用哦，她们会让你安心。上次我有些失礼，事后我觉得强迫你说一些你不愿意说的事，其实也会让你不安。"

我没想到董小满居然还想了这么多，忙摆手说："没关系，而且也不只是这个原因，就算我想要把心里的故事说出来，可能也没有人会听。"

"怎么会？"董小满有些惊讶。

"可能我不像你和安家宁一样吧，很久以前就认识，友谊一直保持到现在。"

"……"我看得出来董小满想说什么，但似乎说不出口。

"想说什么？"我问道，"说吧，没关系的。"

"只是不觉得你会没有这样的朋友，"董小满犹豫再三，还是说道，"在我看来，有些不可思议。"

"或许因为我太普通了吧，"我想了一会儿，说道，"从小就一直躺在病床上，又缺乏敏感度，没什么值得跟别人夸赞的东西，也没有什么了不起的经历，白天的时候总觉得自己跟很多人有距离感，只有喝酒的时候才觉得能跟大家都一样，反正也就这件事值得去做了……"

董小满面露不快，一直没有说话，那表情像是想起了一件很讨厌的事一样。

"什么叫也就这件事值得去做？我说，夏诚带你去的场合你真的喜欢吗？还是说你真的把那些人都当成朋友了？所以你就把喝酒当成全部的生活吗？"

我没说话，董小满的样子像是甩手就要走一般，我搞不懂她为什么要这么生气。

她一口气把果汁喝到了底，发出了"滋滋滋"的声音，接着看了眼窗外的风景。我不知所措，一头雾水，只好用一贯的沉默来面对。

"听我说，喝酒本身没什么问题，这我知道，我有时候也会跟朋友喝几杯，也想要大醉一场，特别是累的时候就想一醉方休，这些都很好。可单纯喝酒跟带有目的性喝酒完全不同，为了散心和逃避喝酒也完全是两回事。我希望你喝酒的时候，是为了真的开心，而不是一味逃避到酒精里。喝酒是为了让生活更有乐趣，而不是取代生活的全部。"说到最后，她的情绪终于平复了下来。

"谢谢你。"我调整了呼吸，说道，"但我想你这次看错了，我不是你所说的这么好的人。"

她没有说什么，移开目光看着窗外的风景，又看了会儿卧在凳子上的猫，看了许久。我感觉自己说错了话，我为什么要急于反驳她呢？或许当作没有听到或者敷衍过去才是正确的选择，这不是我一直以来最擅长的事吗？

她把目光收回，说道："记得我们第一次见面吧？"

"当然。"我说，"那种尴尬的场景想忘也忘不掉。"

"其实你做了一件很好玩的事儿，"董小满说，"那天你躺在厕所里，一副想要挣扎着爬起来但又爬不起来的样子。"说到这里她模仿了我当时的模样，"大概是像这样。"

我想捂住自己的脸不再看董小满，那场景光想象起来都觉得尴尬，如果地上有条缝，我可以毫不费力地钻进去。

"我拍你肩膀想问问你怎么样，但还没等我开口你就说没事没事。接着你挣扎着站起来，开始打扫卫生。"

"打扫卫生？"我瞪大了双眼，眉毛拧在了一块儿。

"没错，打扫卫生，"她笑道，那瞬间我觉得董小满的脸上还是适合挂着笑容。

"不是简简单单地打扫卫生，"她接着说，"是那种认认真真一丝不苟地打扫卫生，先是把洗手台和马桶都擦了个遍，又跑到外面去跟服务员借拖把。你是没看到那服务员的表情，那是满脸震惊和不可思议。喝多的人他或许见得不少，但像你这样喝多了借拖把的还是第一个。我好说歹说把你劝住，把你拉回包间，你嘴里还嚷嚷着要继续打扫卫生。没消停多久，你就拿起桌子上的纸巾，把每个人的酒杯都擦了个遍，哈哈哈哈，擦着酒杯的同时还说大哥打扰你一分钟，你这个酒杯看着不怎么干净。然后就趴在地上，准备擦地，边擦边说为什么宿舍这么脏，说完还跟身边的人道歉。哈哈哈哈哈哈哈，不行，真的太好笑了。"

我的脸彻底扭曲了，居然对此没有一点点印象。我还以为自己是大大方方地走回包间的，这事情是真实发生的吗？"我真这么做了？"我用难以置信的口吻问道。

"嗯——"董小满把这句"嗯"拖得很长，说话时一直在点头，一副忍俊不禁的表情。刚才我希望地上有条缝，现在恨不得用手里的吸管在地上挖出一条地道来，好让自己钻进去。我压根儿无法直视董小满，扭头看着右边，用手挡住了自己的脸，我能感受到脸上传来的热度，浑身尴尬地直冒汗。

"好啦好啦，"董小满靠近了一些，说，"这又不是什么很丢人的事。"

"这还不丢人吗……"我说，语气很弱。

"不丢人。"她说，"反倒让人印象很深刻呢。"

我稍稍转过一些头，看到董小满说这话时的一脸真诚，干咳两声，调整坐姿，终于可以勉为其难地跟董小满对视。

"可你上次说我没有发酒疯，睡得很踏实啊。"我说。

"是睡得很踏实啊，"董小满说，"刚开始一边睡觉还一边说话，听起来很是困扰的样子，因为感情？"

"啊？"我的脸再次微微扭曲。

"放心，你没有说什么，只不过感觉像是这样。不然哪有人可以连问十几个为什么，虽然为什么后面的话我都没听清。"她说，"我那时想，你这个人真的挺与众不同的，为情所困的人很多，为此喝醉的人也不少，但打扫卫生还不住地跟别人道歉的人，我就见过你一个。"

我只好强装镇定，默默点头。

"还记得安家宁给你递蛋糕吗？"

"这个我记得。"

"你说等会儿再吃，接着就把蛋糕推给了我。"

"……推给你？"

"嗯，因为你的蛋糕上正好有草莓和蓝莓，而且刚好切得很大，你说应该给我吃。"她说，"还有后续，你想不想听？"

"都这样了，你说吧。"我想再怎么丢脸也无所谓了。

"你睡着后还突然醒了一下，说今天是夏诚的生日，一定要让夏诚尽兴，让他开心，所以其实你还想站起来跟他说话的，可你已经站不起来了。这个时候很多人都已经走了，再接下来你就又倒下了，用一个非常特别的姿势睡着了。"她又模仿起我是怎么用扭曲的姿势睡着的。

我已经彻底不知道该说什么了，董小满歪着头看着我："所以我觉得你不是什么坏人，也不是为了什么目的才靠近夏诚的。他身边多得是这样的人，而你不是，我确定。"

"谢谢你。"我说，这句谢谢不是出于礼貌。

"还有。"她说。

"还有啊？"我再次捂住了我的脸。

"放心，不是那天喝酒的事，而是那天我们在咖啡厅的时候，我注意到一件事。你一直都很耐心地在听我说，虽然你的话不多，但我知道你是真的在想我所说的事，真的有听进去。这一点在我看来很可贵，尤其是这年头大家都在表达自己，不在意别人说的到底是什么。我不知道你最近发生了什么，也不知道你之前发生了什么，但我想告诉你，千万不要因为过去的事而彻底否定你自己。"

听她说完这些，我不知道该说什么，看向窗外，天就要暗下去了，黄昏染遍了大地，远处有火烧云。说来奇怪，明明是太阳的余晖，却显得格外美丽，跟正午时的阳光相比，反倒透着生命力。空气里也有种奇怪的味道，我也说不上来是什么。

"有很长一段时间，我觉得我的世界里只有我自己。"我终于开口说道，"说起来很复杂，但这是我真实的感受。后来遇到了一个可以跟我说话的人，我几乎把所有的心事都告诉了她。"

"那然后呢？"董小满看着我。

"再然后她一声不吭地离开了我的生活，我就来北京了。"

"一声不吭地消失？"她依然认真地看着我，问，"之前没有要离开的迹象吗？"

"或许是有的，或许有些细节我没有注意到，但这也是事后回想起来的，当时一切发生得很突然，自那以后我就再没有见到她。"

"我没有经历过这样的事，但我能休会。"她说，"被伤害了的感觉吧。"

"嗯，但只怕也不是这么简单就能说清楚的。你记得我说过从小我就没什么朋友吧，她对我而言是这世上第一个能够理解我的人。"

"看得出来这件事情对你的打击很大。"董小满说。

"嗯，那之后我就来北京了。"

"是想要把过去的一切忘记？"

"事情就是这样。"我说。

"喝酒时能把一切都忘记？"

"嗯。"我回答道。

董小满把双手放在了桌子上，盯着自己的右手看，像是在想些什么。我想拿起杯子喝水，发现已经喝完了，就叫来服务生加了一杯水。服务生又问我们要不要再加些什么，我才意识到我们在这里已经坐了两个小时了。

等我又喝了几口水，小满开口说道："我明白你的心情，但还是不觉得把这段往事当作没有发生过是正确的选择。"

"但这是最轻松的选择。"我说。

"的确是这样没错，可顺序不对，就像是你把过多的行李强行塞进箱子里，如果不加整理，就会变得混乱不堪，"小满揉着太阳穴说道，"在我的角度看来，这种选择会让你失去自我，这样的箱子是无法带着前行的。"

"失去自我？"我从未在这个方向思考这个问题。

"我总觉得现在的你，虽然表面看起来更轻松了，"她说，"但你某种程度上也跟那天的你不一样了，跟我们第一次见面的样子不一样。"

不一样？这不是一件好事吗？

"这也是一件正常的事吧。"我说出了自己最近的想法，"人随着成长就是会改变的。"

"是这样没错，但不见得就要变得面目全非，而是顺着过去的自己往前跨越。"

我盯着董小满的脸，斟酌着要说的话："不管怎么说，我现在能感觉到过去的事没那么重要了。"

"真的是这样吗？"小满眯起眼睛看着我，"这是你内心的真实想法吗？在我看来，你现在还是被那些事情所困扰着。"

"不要让过去的事干扰你现在的选择。"她接着说，"更不要因此而封闭自己，假装自己是另外一个人。像我说的，如果不把一切整理清楚，找到真正属于自己的生活方式，那便会变得很危险，走向另外一个极端。我经历过这些，所以我想我是明白的。"

"或许吧。"我说，不知道用什么样的表情回应她这句话，只好侧过头看着桌子右边的一角。

"那你现在还期待着有朋友，或者说能遇到像她那样互相理解的人吗？"她问。

"老实说我觉得自己遇不到了，就连这段故事我也是第一次跟别人说，平日里也压根儿找不到能敞开心扉的人。"我想到了与夏诚之间的交情，突然觉得他是不会在意这些事情的人。或许这也是我一直对他有所保留的原因。"这种事有什么好苦恼的。"我仿佛能听到他对我说这句话。

"我以前听过一个故事，正适合现在说。"董小满说。

"洗耳恭听。"我说。

"那个故事的大意是，这个世界上的树林正在死去。"她缓缓说道，"树林死去之后，就变成了沙漠，人们在沙漠中勉强地活了下来，过了快一百年吧，这儿的人们忘记了树林，忘记了这个世界上曾经还拥有绿色，忘记了空气里曾经还布满水汽，忘记了生活原本可以更好。但有两个小孩不信邪，偏要去寻找世界上的最后一片树林，一路翻越了两座山，你猜他们看到了什么？"

我摇摇头。

董小满笑着说："在两座山之后的世界还是绿色的世界，他们觉得树林死去了，只是因为他们周边的树林恰好死去了，也有人出去寻找过，可翻越了一座山之后就放弃了，回来便告诉所有人，树林已经死去啦，我们只能跟沙漠一起生活啦，人们轻而易举地相信了他，并且把这个当作世界的真理告诉了下一代。其实只要有勇气去更远的地方，就会发现这个世界还有救，树林依然存在。"

"像一个童话故事。"我说，"故事很棒，哪里听来的？"

"是我自己刚刚想的，抱歉刚才骗你，怕这个故事没有说服力嘛，"小满笑着说，"重点不是这些啦，重点是不要因为身边都是沙漠，就不相信这个世界上还有树林了。如果翻越一座山没有找到，就再翻越一座。哪，这个故事说给你听，也说给我自己。"

服务生再次走过来打断了我们，我才意识到已经很晚了。

我执意要送董小满回家，但她婉拒了，只好目送着她上车，再一个人慢慢踱步回到夏诚家。我脑海里回想着董小满说的故事，把故事中的那两个小孩代入小王子的形象，想象着他们一路翻山越岭的辛苦，遇到的野兽，趟过的泥潭。

这时我接到夏诚一个朋友的电话，让我去喝酒。我一点儿都不想去，今天的自己完全不想喝酒，也丝毫不想念喝酒的氛围。这毫无疑问是董小满的功劳，可电话里的人压根儿不听我的话，一个劲儿地让我非去不可，我拗不过他，最后还是打车去了。

酒吧里音乐声、骰子声、碰杯声混杂在一起，安静在这儿无处可寻。我脑海里一直在想着董小满所说的话，加上夏诚也不在，没有太多喝酒的心情，叫我来的人问了一堆关于夏诚的事，听我说夏诚不来，就找了个借口跟别人喝酒去了，好似就此没有了跟我说话的兴致。身旁的人不知道在说什么，但照样都在哈哈大笑，我试着回想之前跟他们一起大笑时所说的话是什么，但遗憾的是，什么都想不起来。像我之前说的，人们在这里不存在距离感，男男女女搂在一起，即便只是第一次见面也像是情侣般亲昵。原本就应该是这样，没有距离感对我来说也不是什么坏事，可坐在我身边的女生见我没心思喝酒，露出了一种"无趣"的眼神，这种眼神我记得，如同我舍友看我一般。只是因为夏诚不在，我就变成了一个无趣的人吗？刹那间我才明白过来一件事，我之所以可以被这个世界所接纳，并不是因为我本身有什么价值，而是因为夏诚的存在而已。

原来是这回事啊，为什么我之前都没有意识到呢？我还以为这里的世界不一样，只不过比外面的世界伪装得更好罢了，自始至终我都没有真的融入这里。

又过了一会儿，走进来两个喝得醉醺醺的人，都是生面孔。但好像是什么了不得的人物，所有的人都停了下来，拥到他们身边，说着奉承的话。我一个人坐着显得太不合群，也拿起酒杯走了过去，说了一些同样的话。酒杯碰撞在一起的声音，听着极其刺耳，那声音充满着势利感。一个人说今天的所有单都他买了，众人又一片欢呼，我觉得烦躁，跟叫我来的那人说了句身体不舒服先走了，他并不在意我这个小人物的提前退场，只是抬了抬眼皮又继续喝酒了。

走出包间后我回想起自己曾经觉得可怕的事：人们心怀鬼胎，摆上合适的表情，说着合适的话，并习以为常。难道我在不知不觉中也变成这样的人了吗?

街头人潮涌动，我看了眼手机，将近凌晨一点。

这里是北京最繁华的街道，月亮被苍白建筑遮挡住，也看不到星星，能看到的只有一眼望不到头的人群。男男女女聚在一起抽烟说话，街头有卖花的小女孩，那年纪看着不到七岁，眼神却不是一个孩子应该有的眼神。他们认真地搜索目标，看到走在一起的男女便凑上去问要不要花，大人们不耐烦的神情也没有影响到他们，转而就跑到下一个目标人物身边了。

走到路口，发现竟还挤满了人，车道水泄不通，我询问了回去的价格，实在是贵得离谱。只好先走一段路，想着到没有这么多人的地方再说。迎面走来的一对情侣（当然在这儿互相搂着腰也不一定就是情侣），女孩化着极浓的妆，那模样像是被打翻了墨水的画，男孩穿着极细的牛仔裤和极其松垮的短袖，外套挂在肩膀上，走路的样子让我想起了《赌神》里的周润发，当然，两者的气质无法提并论。他们一路走一路大笑，虽说这跟我没有关系，但我还是忍不住地想，到底是什么能让他们笑得如此夸张。那绝不是一种听到了笑话的笑容，更像是在某种东西刺激下的过激反应。这笑声是如此大，即使他们走远了还是能听到他们的笑声。路边坐着三个韩流打扮的男生，他们正眯着眼睛观察着来来往往的女孩，每当有女孩走过，就能听到口哨声。

我喝醉的时候也是这样吗？

我不知道。

种种声音像是洪水一般涌进我的耳朵，让我甚至有一些耳鸣。只好一路向前走，终于走到了人少的地方，可那些声音依然在我脑海中，不管我怎么想其他的事情，都没有办法把这些声音隐去。眼下四周已经没有什么人了，这声音让我焦躁不已。

我想到了"想象力"这个词。

音乐于我而言，是一直以来非常重要的陪伴。在最落寞的时候，我靠着音乐支撑了下来，那时听的歌很多，五花八门，什么风格都有，但每首歌都能给我带来不可思议的感觉。这感觉我以前一直没有弄清楚到底是什么，事到如今终于可以表述完整：那时的音乐让我眼前的世界变得不同，像是凭空造出了一个滤镜，也像是眼前的风景靠着音乐发生了某种折射，如同阳光被折射出彩虹一般，音乐也让我眼前的风景变得色彩斑斓。

可如今我脑袋里播放的嘈杂的声音全然没有这种能力：它像是一种深不可见的黑洞，吸收了所有的色彩，让我眼前的风景变得单调。

此时此刻，我感受到了更深沉的孤独，就连音乐，我也与之失去了共鸣。

我终于打到了一辆出租车，车上的味道相当难闻，像是有人刚吐过一样，同时还弥漫着酒气。

司机抱歉地说，刚送完一对喝醉的男女回家。如果可以的话，我也想换一辆车，但已经走不动了，脚步比我预想的沉重许多，只好打开了窗。

　　"你看着很年轻嘛。"司机说，他好像很想跟人说话，又接着问我，"在哪个大学上学？"

　　我只好作答。

　　"很好的学校啊，"他称赞道，"上学的感觉怎么样？我以前家里穷，没办法上大学，说起来还是你们这代人好啊，吃喝不愁的。"

　　这种论调又来了，不知道为什么除了我们这代人以外的所有人都这么想。

　　"半夜出来喝酒？"他问。

　　"嗯。"

　　不知道是不是因为司机太久没有找到人说话，还是他就是喜欢跟人聊天，刚沉默一会儿他又跟我说起了他的往事。

　　"我二十岁刚出头就出来工作了，那时的生活可没有这么好。"我没有说话，他似乎完全不在乎我的反应，自顾自地说着，"那时候的北京连车都没多少，更不要提有这么多酒吧了，跟现在根本没法比。我第一份工作就是当出租车司机，那时候还想着攒够了钱就回学校念书去。没想到一当出租车司机就当到现在，你看看我现在这个样子，是没有办法读书喽。"

　　我看着窗外倒退的街景，那股难闻的味道终于散了点。

　　说到这里他又问读几年级，我回答说是大一。

"看着像是大三大四了嘛。"他说。

大概开了二十分钟，终于还有一个路口就要到目的地，说实话，司机的话太多了，我本来就头昏脑涨，这一路下来感觉更不舒服了。他终于安静下来，有那么一分钟不再说话，快到的时候他说："现在想想，做选择的时候还是要谨慎哪，就像我以为自己还能回去读书的，没想到回过神来，我眼前就只剩下当出租车司机一条路了。"

下车后，我被风吹醒，那种头昏脑涨的感觉终于消失。走在回去的路上，发现头顶的月亮又能被看见了，奇怪的是星星多了好几颗。我回想起今天发生的种种事件，觉得这是上大学以来，最奇妙的一个周末。

首先我今天第一次跟别人说起关于梦真的事，然后我竟然对喝酒没有一点兴致。董小满说得对，人需要跟别人说说话，说一些正儿八经的话，说一些藏在心底的话，与人交谈有着一种不可思议的魔力，即使交谈并不能改变现实本身。董小满说的对，我之前的生活的确缺少了这些。

回到夏诚家中已经两点多了，我依然没有任何睡意。

我的大部分东西都在宿舍，夏诚家只是用来借宿，所以没有带电脑也没有带书，除了常穿的三四件衣服以外，这个房间里没有一点属于我的痕迹，更没有所谓的生活气息。我用手机上了一会儿网，但无奈当时的手机能看的网页并不多。我翻了一下通讯录，才发觉自己只有寥寥数人的联系方式，其中有几个只有喝酒的时候才能见到。

夏诚不在，与喧闹的世界所联系的钥匙也就不在了，那扇大门已然紧闭着。我本以为这样的夜晚会让我难以忍受，但因为想通了一些事，觉得心情也随之畅快一些。我躺在床上，用手机给自己放了一首歌，回忆起跟董小满的对话。

伴着歌声，我感受到一种类似于柔和的气息，这是我长久以来不曾感觉到的东西，事实上我已经很久没有感受过任何情绪了。

明天起来，我要重新找个地方住，不能再依赖夏诚了，想到这里，我终于昏睡过去。

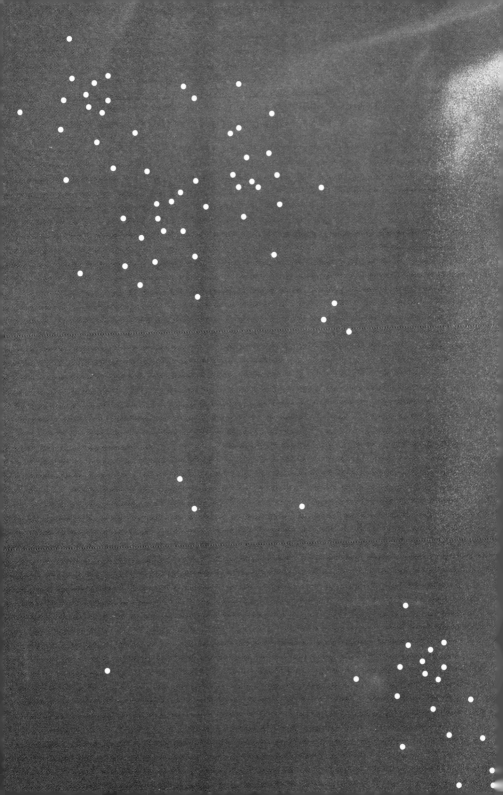

一觉醒来，已经是中午十二点了。

　　我在楼下找了家面铺吃了午饭，就去中介找房子。可走了一天，依然没有找到合适的房子，那瞬间我差点儿就放弃了，想着要不过几天再来寻找房子。事后回想起来，如果我真的想要找到一个地方住，总是还能有其他办法的，如果中介没有合适的房源，那还可以上网找，一天找不到就找两天，两天找不到就找五天，而不是随便告诉自己过几天再说吧。

　　如果不是在第二天就在路上遇到姜睿，搬家这件事恐怕还得延后好些日子。

　　他穿着衬衫，看起来有些愁眉苦脸，这让我感到讶异，我第一次看到他脸上露出这样的神情。我跟他的接触不算多，仅限于书店，在那里，他总是一丝不苟，像我说的，从他的表情中只能看到信念感。

我跟他打完招呼，便问道："怎么了？"

"有点烦心事。"他说，我能察觉到他的神情有所改变，兴许是不想让自己的愁容影响到我，接着又问我，"你打算去哪儿？"

"我也不知道。"我说，"本来想着随便逛逛，今天你不用去书店？"

"今天不用。"他说。

我们聊了一会儿，才知道他的室友上个月搬走了，房租又涨价了，他正想着怎么办才好，眼下也没有办法再找个工作，又不可能问家里要钱。他已经很久没有开口问家里要钱了，这点让我敬佩不已。

"要不换个房子住？"

"暂时也找不到更好的了，而且现在是五月，很难找房子。"他说。

我不知道该说什么好，想到了夏诚，夏诚从来不会为了这些事而苦恼。他天生就活在另外一个维度。

我了解到这是姜睿搬出来住的第二年，原先有一个室友，但室友突然谈了恋爱，就搬去跟自己女朋友合住了。"这也太不负责任了。"我说道。

"这也是没办法的事。"他说，"站在他的立场，他也没做错什么。"

直到这时，我突然想到说不定可以以此为契机，搬出夏诚家。

结果我便到了姜睿家，跟夏诚家比起来，他这儿小了不少，客厅几乎只有夏诚家的三分之一大，厨房里倒是满满当当地放着各种厨具，调料也一应俱全。床占据了卧室三分之二的空间，剩下的空隙只能摆一张简单的电脑桌和一个便携式的简易衣柜。虽说这卧室不大，但它朝向东边，窗户是不大不小的正方形，我对这窗户很是喜欢。

"怎么样？"姜睿问我。

"挺不错的。"我说。

"怎么想到来外头住，大一新生好像很少会有这样的念头的。"

"宿舍住着不太习惯，很多想法跟他们都不一样，生物钟也截然不同。"我解释道。

"我也差不多，有些人天生就适合自己搬出来住。"他说。

我以前不曾与姜睿说过太多话，今儿是第一次。他之前给我的感觉一直是认真和严肃，现在多了一丝温和，或许因为他说话的语调显得很平稳，或许还因为他家的布置，虽然小，但看着温馨。夏诚家就没有这种感觉，他的家虽说摆放着很多绿植，安家宁也特地帮他布置过，但看着就让人感觉冷清，对他而言，家只是一个用来睡觉的地方罢了。尤其是厨房，他的厨房只是一个摆设，甚至连燃气费都没有缴过，自然也没有任何的厨具。

"经常做饭？"我问道。

"嗯，只要有时间就做饭，"姜睿说道，"我搬出宿舍有一部分原因也是这个，宿舍里没有办法做饭，食堂的人又太多，很多次都只能吃到凉了的饭菜。我原先住宿舍的时候，也有段时间到处打电话订外卖，还囤过泡面。这也是我搬出宿舍的原因之一。"

"因为不能好好吃饭？"

"嗯，有一天我正吃着泡面，心里突然冒出一个念头，为什么我要这么过日子？连自己的胃都不好好对待。"

"我没有想到这一点。"我说。学校周边就是各种快餐店，我都是随便吃一点，很敷衍自己的胃。

"这很重要，好好吃饭是好好生活的第一步。"他说。

"如果可以，能尽快搬过来吗？"最后他问。

"当然可以。"我回答道。

收拾行李不算费事，前前后后只花了半天工夫，收拾行李时发觉自己来北京这些日子，我没有多出来什么东西。我打电话跟夏诚说明情况，他不无可惜地说："以后找你喝酒就麻烦了。"

"还是可以经常一起喝酒的嘛。"我说，如果是跟夏诚喝酒，我依然愿意。

可没想到即使远离了每天喝酒日夜颠倒的日子，我依然没有找到属于自己的生活方式。

搬家后我像模像样地布置了房间，买了几盆多肉，又买来仙人掌放在了电脑边，据说这样可以防辐射。我还弄了好几套海报贴在墙上，但老实说，那些海报上的人物我谈不上多喜欢，只不过觉得应该贴一下，这样才显得像是一个人应该有的房间。我带来了许多书，但也没有翻上几页，另外我还装模作样地列了一个时间表，比如要看完几本书，比如说要好好锻炼身体。我买了一双跑步鞋，说要每天找时间去跑步。可也就坚持了几天，跑步的过程让我觉得枯燥无比。很快，我就被打回原形。

现在想来这是我过于懒惰的原因，这是属于我天生的惰性，在搬出来生活后才真正开始体现。远离喝酒随之而来的，便是再次席卷而来的孤独，我压根儿找不到与它相处的方式。绕了一大圈，我好像又回到了原点。

我很快就又失去睡眠，夏诚照例叫我喝过几次酒，有他在，气氛再次活跃起来。我当然知道他们只是因为夏诚在，所以才高看我一眼，但还是忍受不了一个人的黑夜。何况夏诚在，我也觉得安心了些。董小满这些日子没有跟我联系，我也没有联系她的主动性，我特地在上班前后在商业街来回踱步，期待可以见到她的身影，但无奈没有看到她。不打工也不喝酒的日子，我就在房间里上网看电影打发时间，总之，不到两三点就无法入睡，哪怕无事可做，也能磨蹭到这个点儿。

这些日子我总会想起董小满所说的故事，嗟叹一声，要寻找树林毕竟是一件需要勇气和力量的事。我只是一个普通的俗人，为什么就能确信自己可以翻越一座又一座山呢。自我鄙视和挫败感接踵而来，我无法把这两个新朋友拒之门外。

但整体而言，我和姜睿的相处可以称得上愉快。他是个安静的室友，不会说太多话，平日里我们也很少能见到面。一方面，我们的生物钟不同；另一方面，他比我忙碌许多，每天早上就出门，到了晚上才会回来。他很爱整洁，这点与我不谋而合，同时在生活上也对我照顾不少。

家里有一台老旧的投影仪，他对这台投影仪爱不释手，除此以外，还有一台看起来很贵重的摄影机，这让我颇觉意外。同样让我意外的是，他的书架上放着很多有关电影的书。

谜底在一次饭后揭开了，起因是我问他为什么那么喜欢投影仪和摄影机。这是我们住在一起三个星期后才有的对话，现在想来也是从这段对话开始，我们才真正成为朋友的。

"在大一上学期的时候，我突然意识到自己非常喜欢电影。"他说。

"突然？"我问道。

"嗯，是突然意识到的，起因我已经忘记了，"他说，"梦想这事儿分两种情况：有一种人从小就知道自己要做什么；另一种人就像我一样，到了一定年龄才突然发现自己想要做什么，就像夏天的雷阵雨，下雨之前你压根儿想不到会下雨，可一旦下了这场雨，就是电闪雷鸣。"

我还是第一次听到这样的比喻。

"我还没有过这样的感觉。"我说话的语气带着一点惭愧。

"也很正常啊，说明梦想还没有找到你。"他说。

"梦想找到我？不应该是我去寻找梦想吗？"我问道。

"那应该是互相寻找吧。"他想了一会儿说，"我是突然间发觉自己喜欢电影的。不过你说的可能也没错，在这之前，我应该就受到了电影的影响，只是没有发觉。"

"嗯。"我安静地听他继续说下去。

"你也知道我学的专业是会计，其实一开始我很喜欢这个专业，家人也觉得这个好就业，"他说，"所以我跟父母说要拍电影的时候，他们的第一反应是我在开玩笑呢。在他们眼里靠谱的工作就那么几个，公务员、老师、事业单位，不知道我为什么突然改变想法。但其实我是经过深思熟虑之后才跟他们说的，我知道内心真正喜欢的事情是电影，在那之前，只是错把会计当成了自己喜欢的东西。错把一件擅长的事当成自己的热爱，这种事情或许也很常见。"

姜睿收拾完碗筷，给我和他自己分别倒了一杯热水，关于梦想的话题说起来他就好像换了一个人，对此滔滔不绝。坐下后他继续说道："我们吵了好几次，但谁也说服不了对方。我爸妈丝毫不肯让步，我也是，为此我们争吵了很久，到今天关系也没有缓和。"

说到这里他叹了口气，说："我们这代人跟上一代人生活的时代大不一样了，我也知道站在他们的角度，他们的想法或许也没有问题，毕竟一辈子都是这么过来的。可我们也有自己的立场，我爸常说我上网和看的书太多，看多了想法就野了，或许是这样。但一旦有了想要做的事，就不可能按部就班地按照他们的期待生活。在我看来，要说服和我们成长环境完全不同的上一代人是不可能完成的任务。"

我点头，想到了自己的父亲，他也一样，早就把我的生活规划好了。

"有时候我觉得自己是他们生活的延续，是他们的附属品，"姜睿说，"所以也没有什么好办法，只好一边好好上学，一边自己学拍电影的事。"

我手里翻起他放在桌边的一本关于摄影的书，满页的专业术语看得我直头疼。

"看着很难啊。"我说，"要学好这些不容易吧。"

"我的头发就是因为这些少了很多。"他打趣道。

"忙得过来吗？"我想到了他每天的忙碌。

"还可以，"他说，"我算了一下，平均下来每天学习五小时，就可以应付学业了。加上我还算擅长很多数字类的东西，可能对数字比较敏感吧。剩下的时间，就可以自己学电影。"

"每天学习五小时？"我皱着眉头说。

"怎么了？"

"每天学习五小时在我看来已经是极限了，你说起来却感觉很轻松。"

他想了一会儿，真诚地说："我觉得还好，咱们每天睡觉八个小时就够了吧？那还有十六个小时空闲呢。"

"可是我们都要打工啊。"我说道。

"打工的时候就只好上午去图书馆了。"他说，说这话时语气有些怅然，我总算知道他为什么打工的日子也照常早上就会出门了，"但真的还好，算起来时间还是够用的，这也是没有办法的办法了。"

"很不错的做法啊。"姜睿的做法让我对他更加敬佩，"我做不到的。"

"没有什么做不到的，"他笑着说，"等到梦想找到你的时候，这几乎是不得不做的事，不然晚上睡都睡不踏实，总觉得有什么事还没做一样。"

"不会迷惘吗？"我问了姜睿曾问过夏诚的问题。

"会啊。"他说，这个答案出乎我的意料，我原以为他的答案会和夏诚一样，虽然表现形式不同，但他们都是明确知道自己未来要做什么的人。

他看出了我的疑惑，继续说道："很正常啊，我也不知道未来到底能走到哪里，但反过来说，一步步看着自己朝着那个方向走着，不是一件很有趣的事吗？而且我相信认真和努力总会有回报的。"

"或许是这样。"我说，试着去体会姜睿的心情。

姜睿的话富有某种哲理，不知道是不是他经常读书的缘故，又或是他平时就思考着许多，但不得不说，比我大两岁的姜睿比我懂得多很多。至少在与他交谈之前，我从来没有想过梦想这回事，别说梦想了，连喜欢的事都没有。

"你说的我大概明白，可惜我没有喜欢的事。"我说道。

"会有的。"他说，"人不可能一辈子都找不到喜欢的事的。"

"那要怎么样才能知道那件事是自己喜欢的呢？"

"很简单，"他笑着说，"只要你做完一件事后回想起来会觉得充实，会觉得你的生活充满乐趣，会让你觉得自己扎扎实实地向前走了一步，这件事就是对的。反过来，如果你做完一件事完全没有愉悦的感觉，只觉得自己像是踩在云端，心里怎么都不踏实，那这件事就是错的。"

他这句话让我心里一动，我敏感地想到了自己，想到了过往经历的种种事件，我试图在这些事里找到类似的感觉。以往可能是有的，跟梦真在一起的时候，或者是一个人默默听歌读书的时候，我可能有这样的感觉，但现在这种感觉已经离我远去了。喝酒时我感受到的快乐，通常会在酒醒后消失，回望喝酒时的情形，老实说，那感觉并不真切，没有实感。人们回忆起喝酒时的情景，或许都是跟自己的朋友在一起的画面。

谈起梦想时，姜睿眼里散发的光芒也让我颇为羡慕，即使是隔着他的眼镜，那光芒依然穿透而来，我的眼里从未散发过这种光芒。

"可如果一直没有找到自己喜欢的事呢？那要怎么办？"我问道。

姜睿面露难色，思索片刻后，有些抱歉地说："这个问题我也不知道怎么回答你，我想一想告诉你。"

接着我们便各自忙了一会儿自己的事，因为临近期末，我也认真地复习了会儿资产负债率之类的课程。到了十点，姜睿敲我的门，认真对我说："我刚才想到了，如果找不到自己喜欢的事，就做自己手边的事，就先把日子过好，好好生活，好好照顾自己。"

我愣了一下，没想到他还会回答这个问题，便也郑重其事地点了点头。

六月很快到来。

夏诚已经穿起了短袖，他的每件衣服都是精挑细选的，一看便知十分昂贵。姜睿则完全是另外一副做派，简简单单的白色 T 恤，黑色裤子，不管是衣服还是裤子都没有任何图案，看着就像是没有换衣服似的。但如果仅以此判断他是一个不修边幅的人那就大错特错了，他几乎每天都会打扫卫生，细心呵护绿植，所在的环境一尘不染，他也经常剃胡须和理发，总让自己保持一种很有精神的状态。他之所以对穿衣不怎么在意，只是单纯地不感兴趣罢了。

这期间我也对姜睿有了更多的了解。

他身上有很多我望尘莫及的好习惯，他从不抽烟，也不喝酒，甚少熬夜，即使熬夜第二天也能早起。他几乎每天都去图书馆，身负着学业和梦想的压力，让他看来常常都孤身一人，我也没看过他平时跟别人有太多交谈。可他丝毫没有不安的感觉，或许是因为他有目标吧，我想。

不管怎么说，得益于姜睿，我的生活规律了不少。

我渐渐早睡了一些，平日里也可以接触到早晨了。阳光透过窗户照在床单上，让我产生了一种轻微的幸福感。还跟他学了两个菜，总算能体会到他为什么这么喜欢做饭了，原来吃自己做的菜有一种说不出的满足感，虽然我做的菜算不上好吃。

每次看到姜睿一脸认真地在家里对着电影做笔记的时候，我就觉得自己应该也做些什么。我渐渐理解了董小满的话，身边有这么一个室友（或许也可以称之为朋友了，这是我第一次跟另一个人生活在一起，并且能说上很多心里话，姜睿总会分享自己的故事，夏诚则完全不同，他几乎没有说过自己的任何事），在无形之中给了我许多安定感。在他身上我感受到了认真的力量，毋庸置疑，我也被这股力量所影响着。

六月的第一个周三，早上有一堂课，我已经很久没有上这堂课了。这天醒得早了，便决定去上课，偌大一个教室，只稀稀落落地坐了四排。下课后，我想着时间还早，又想着很久没有去食堂吃饭了，没想到在去食堂的路上遇到了姜睿。

我还是第一次在学校里看到他，他走路的时候也挺得笔直，身背一个黑色的双肩包，手里拿着笔记本和教科书，书里有贴着绿色和白色的便笺纸。

"上哪儿去？"我叫住他。

"刚从图书馆出来，准备去吃饭。"他说。

我们一起走进食堂，他要了一个鸡腿和两份蔬菜，我要了鱼。食堂的饭菜吃起来就是那样，我只是吃了几口，看得出来姜睿也不喜欢食堂的口味，但还是都吃完了。

"下午继续待在图书馆？"我问。

"是啊。"他说，"今天的学习任务还没有结束，还得自学电影嘛。"

"为什么你不觉得闷呢？"这个疑问其实在我心里很久了。

"为什么这么问？"姜睿看着我说。

"我是说好像你每天的生活都是这样，"我试着组织语言，说道，"不管是在学校里还是在家里你都是在学习，好像没有停下来的时候。"

"当然有停下来的时候，"他笑着说，"我又不是机器人。"

"但你好像很少会跟朋友出去玩或者出去喝酒什么的。"

"我这个人不太能喝酒，"他笑了起来，说，"哪怕是啤酒，喝半瓶也会醉，喝酒不适合我，而且也不是只有跟别人聚在一起才算是休息嘛。"

姜睿把教科书放进了包里，又掏出来一包纸巾，递给了我一张，接着说："我可能比较习惯一个人吧。比起跟朋友出去喝酒，我觉得一个人在家里更惬意一点。可能有点难以理解，对我来说一个人去买菜就算是很好的休息方式。很奇怪，每次我心情不好或者郁闷的时候，去买菜准能好。"

让我难以理解的是他的上半句话。习惯一个人，这种事情能习惯吗？人难道不是群居动物吗？

他又说："说起来可能是我性格的原因吧？我不太能接受现在大家的生活方式，又不太擅长社交。你看咱们住在一起之后，也花了三个星期才熟络起来，现在的生活方式太快了，网上发生了什么我都不太懂，我想我跟别人相比太过于慢热了，所以就常常一个人了。"

他说完这句话的时候，我被一种强烈的认同感包围了。与此同时，周遭的声音开始不同起来，像是进入了一个与这个世界并不相同的节奏之中，我能够清晰地听到风声。

看我愣了一会儿，姜睿好奇地问："怎么了？"

"没什么，只不过第一次听别人说自己常常一个人，我以为只有我是这样的。"我说，"可是不会觉得孤独吗？"

"孤独？听你这句话好像孤独是个坏事一样。"

"难道这不是坏事吗？"我惊讶地说。

姜睿推了推镜框，一脸神秘地看着我，说道："我比你早两年上大学，这两年我发现了一个了不得的秘密，想不想听？"

"是什么？"我问。

"那就是这个世界上孤独的人比你所能想象的更多。"他说。

"啊？"我意识到我的语调比平时高了一度，咳嗽了一下问，"我怎么没发现？"不管是身边的同学，还是夏诚，大家看起来都是一副热闹的模样。

"随着年龄增长，你自然就会发现了，"他说，"我想想怎么形容，不是有人说人生就像一趟列车吗？打个比方说，我们都是乘客，那每个人所要去的地方是不同的，所以有人来、有人往很正常，很可能都遇不到一个跟你同路的人。特别是我们这代人，这种感触就更明显了。"

"我们这代人？"

"嗯，我们这代人。"姜睿重复了一遍，"因为我们的生活方式太多样了，就像是有人搭地铁，有人坐车，去往的终点就更不一样。所以遇不到同路人也正常。"

"听起来怪难过的。"我说。

"也不会，"姜睿看了看手表，说，"或许你的周围只有你一个人去往那个站台，但这个世界上一定会有人跟你去同一个站台的。要相信这一点，所以孤独只是一个过程，让你遇到真正的朋友的过程。"

"你是怎么想到这些的？真正的朋友又是怎么回事？"我迫不及待地问。

"被迫的，"他笑着说，"先不说了，我得去图书馆了，回家了再聊？"

我点头说好。

晚上姜睿照例做饭，吃完饭后我想帮忙洗碗，他却说不用，洗碗对他来说也是一种休息的方式。真是怪事，这世上居然有人喜欢洗碗，我这么想到。

时针走到晚上八点的时候，姜睿洗完碗筷，我们就白天的话题又聊了一会儿。我盘腿坐在沙发上，姜睿给自己倒了一杯水，或许是我的表情显得过于苦恼，姜睿说起了自己的一段往事。

"我家里条件不好，刚上大学的时候还没有买到电脑。"他开口说道，"所以我只能每个周末跑去网吧，才能上QQ。我在上大学之前有一个小团体，是四个男孩和两个女孩的组织，我们六个人感情很好，经常聚在一起。无论是学习还是课余时间看电影，我们都腻在一起，那感觉就像是无论做什么事，他们都会陪你一起去。

在来北京之后，没有很快交到朋友，性格是一个原因，另一个原因是觉得我也不太需要在北京找到朋友。我相信未来我们六个人总还能聚到一起，只要他们在，哪怕有时孤单，也不会真的寂寞。"

说到这里，他问我要不要喝点水，我点头说好，他就跑去厨房烧水了。可能也需要一段时间整理要说的话，过了一会儿他才回来，给我倒上水，接着说起他的经历。

"只要有时间，我们就在QQ上聊天，我们有一个群，群里的话题一直都没断过。而且头两个假期回家的时候跟他们聚到一起，我就觉得时间好像没走似的，我们依旧亲密无间。这种感觉让我觉得很踏实，但就在大二的暑假，一切都变了样。先是有一个男生聚会的时候没出现，再后来又一个男生也借故没来，六个人的团体变成了四个，再后来有一个女孩子也不出现了。剩下我们三个人，我对这其中的变故一无所知，问起缘由他们也不肯告诉我。我们的QQ群已经快一年没有消息了吧。"

"发生了什么？"我问。

"其实我到现在也不太清楚，只能猜出个大概。"姜睿摇摇头说道，"最先没有出现的那个男生搬家了，跟父亲搬去广东生活。另外一个男生有了新的朋友圈，至于那个女生好像是谈恋爱了，因为这好像还闹了一点不愉快。"

"那剩下的三个人呢？"

"没话可说了。"他说。

"怎么会？"我问道。

"事实就是如此，"他说，"我们上个假期还见了两次，都在说过去的共同回忆，对现在的话题只字不提。那瞬间我就明白了，能把我们维系在一起的只有共同回忆，如果不能继续制造新的共同回忆的话，早晚会无话可说。我有提到自己想要拍电影，因为这是我很感兴趣的话题，所以说得多了些，可说着说着发现他们压根儿没有听我在说什么，就这样我也没有什么兴致再说。我们所烦恼和思考的事情已经完全不同了，这也不是任何人的错，只不过大家想要的生活方式不同而已。以前我们还会提梦想或者未来这种话题，但再提起好像就矫情了。再后来我们就似乎有默契似的，谁也不找谁了。"

姜睿喝了一口水，继续说道："对了，我忘记说，有了电脑后我也注册了社交网络的账号，我也加了他们做好友。大家都发着自己的困扰，当然也分享着属于自己的生活。但加上好友之后，我们还是没能说上一句话，有好几次我打开对话框，但就是打不出来一个字。"

"不会觉得可惜吗？"我问。

"当然可惜，"他说，"有好几个夜晚我都觉得痛苦，我搞不懂为什么曾经的友情可以变得如此面目全非，最让我难过的是，我们那个QQ群也解散了，这还是我去年冬天偶然发现的。我原本以为不讲话就已经够难受的了，没想到居然就这么解散了。"

"那……"我欲言又止，最后还是问道，"现在呢？"

"也只好这样了，"姜睿先是摇了摇头，又说，"我出来住了之后，想通了很多事情。有些事情是不可避免的，它是自然发生的事件，就像是人到了一定年龄会发育，会长高，女孩胸部会发育，男孩会长胡须一样。其实自我认知也是一样的，现在不是很流行'三观'这个词吗？我觉得三观也是这样的，它到了一定年龄才会变得坚固。等到三观坚固下来的时候，你就会发现跟很多人已经没有办法再次成为朋友了。"

我试着消化他所说的这些。

"那你为什么会说这个世界上孤独的人比我所能想象的更多呢？"我想起了他白天的话。

"因为要成为朋友，就得三观一致，"他笑着说，"每个人的三观都很独特，因此，三观一致是一件很难得的事。即使有，也不会有太多，从某种角度上来说，不可能有人跟你每件事都保持一致。"

说到这里，他坐起身来，伸了个懒腰。我看了眼时间，时针指着十点的位置。

"但这只是我的想法。"姜睿说，"也不一定就是绝对正确的。说不定这世上就是有人跟你百分之百一样，做什么事都能陪伴在你身边，只不过我觉得概率太低了。"

"听起来挺让人绝望的。"我说。事实上此时此刻我就被一股绝望的气息包裹着，如果这样，那我又凭什么奢望有人能够理解我呢。

"不会啊，"姜睿说，"如果非要说，是一种坦然的感觉吧。"

"坦然？"我觉得自己可能听错了。

111

"是啊，想清楚了这些，就很难再失望到什么地步了。"

"可是这么一来，我们每个人都好像不会有朋友似的。"我问，"听起来不就是让人绝望吗？"

"会有朋友的，"他说，"只不过可能不是原先的朋友，这听着的确很让人难过，可你要这么想，不正是这样，你才能知道哪些是你真正的朋友吗？"

"但这样不就矛盾了吗？孤独的同时又拥有真正的朋友？"我问道。

"这恰恰是不矛盾的地方，"他说，"首先孤独不是什么坏事，很多事情本来就只能一个人做的，就好像读书吧，你能在人群中读完一本书吗？很难对吧？另外，朋友并不是用来排遣孤独的，它不是孤独的对立面。"

我被姜睿说得晕晕乎乎，排遣什么，又是什么的对立面？于是我沉默不语，感受着看不见的空气流动，试着把这几个词变成我所能够理解的句式。

十点半很快就到了，姜睿打了个哈欠，说："困了，明天还要早起，差不多就睡了吧。"

我木然地点了点头，回到自己的房间，换上睡衣，脑袋里却一直想着姜睿所说的最后一句话。

我不知道自己是什么时候睡着的，第二天醒过来，我依然没有想通姜睿所说的那句话。

但经过这几次长谈，我决定做一些改变。我至少明白了一件事，这世上不是只有我一个人在遭遇孤独。姜睿遭遇孤独的时候，依然可以做到好好生活，这给了我力量。我剃了胡子，重新剪了一次头发，换了副新的眼镜。我把带来的书整整齐齐地放在书架上，并拿出一本阅读。我把手机里的听歌软件重新打开，又听起了那些歌。一连几天我都是这么度过的，也推了几次夏诚的邀约，我依然觉得酒精是绝好的东西，但不再因此连白天都失去了。身边的迷雾依然没有散去，但隐隐约约地像是有一条道路在眼前。

往后我还会有很多困扰，对于"爱情""友情"和"梦想"这样的词汇，我还是充满了困惑。但这些日子是日后回忆起来，我真正有所成长的开端。

姜睿的那句话我直到很久以后才想明白，如今可以用一段话把他的意思表述完整了。

朋友不是用来排遣孤独的，更不是孤独的对立面，是因为有了朋友的存在，我们才能够勇敢并且坦然地面对孤独。换句话说，玩伴并不代表一定是朋友，玩在一起很容易，难的是你们愿意把彼此当作生活的动力和力量。朋友是即使不能时时刻刻在你身边，也能给你动力的人，只要想起彼此，未来的道路就不显得那么漫长了。

每每想到姜睿，还是能感受到面对生活的力量，这是他作为朋友给我带来的最大的财富，远不是所谓的人脉可以相提并论的。

只可惜当我彻底明白他对我所说的话时，姜睿也已经离开我的生活了。

没 有 无 缘 无 故 的 相 遇

07

暑假到了，我没有立刻回家，姜睿也跟我一样，留在了北京。

　　我醒得很早，窗外是个大晴天，夏天已经彻底到来，树叶是鲜艳的绿色，看着让人心情舒畅。姜睿起得更早，他已经吃完早餐，给我留了一份。这些日子他一直都是十二点左右睡觉，早上六点半就起床了。我们聊了一会儿，他说自己准备去图书馆，问我今天准备做什么。我想了想，给董小满发了信息，自从上次见面之后，已经一个多月没见了。

　　"那中午一起吃饭？方便吗？"她回道。

　　"当然方便。"我说。

　　十一点半，我们在一家餐厅见面，这家餐厅也是董小满推荐的。做的是粤菜，比较清淡，价格也适中，适合我这样的学生。最重要的是这家餐厅相当安静，椅子也很宽敞，适合吃完饭后再聊会儿天。

眼下是七月，没有什么地方比一家安静又舒适的餐厅更让人心情愉快的了。我暗自佩服小满想得周到。

她扎起了头发，穿着简单的白色连衣长裙，一如既往是她的风格，或许是因为扎起了头发，看起来比以往更自然了些。原本她就给我这种感觉，现在这感觉更是如此鲜明而富有冲击力，我一瞬间竟有些恍惚。她跟我笑着打招呼，我闻到了她身上的香水味，很淡，闻起来很怡人。

"看上去精神不错嘛。"小满刚一见到我就这么说道。

我解释说最近找到了新的住处，室友人很好，生活也规律起来，虽然还做不到早睡早起，但也不至于中午才醒了。另外还勉强可以做到跑步了，觉得精力恢复了许多。

仔细算来，这应该是平生第一次主动并且规律地运动，或许运动给我带来了意想不到的变化。

当然，让我心情好起来的，是有了可以称得上为朋友的人。

小满听完甜甜地笑了，接着从包里拿出一个小盒子，盒子被精致地包装过。她把盒子打开，里面是一个树叶形状的书签。"这个送你。"她说。

"怎么想到送我礼物？"我有点不好意思地说，接过了这个小礼物。

"前两天去书店看到的，那天你不在。"

"那时候有期末考试就没去打工。"我说明理由，并说，"书签很好看。"

"觉得你应该用得上，这样子就不用折书页了嘛。"她说道。

这是我第一次收到礼物，这让我发自内心地欣喜，但又不好意思表现得太过夸张，只好假装低头认真地看菜单。我想着下次要送一份礼物回去，可又买不起什么贵重的东西，也不知道小满喜欢什么，想着吃饭的时候找个机会问问她。

小满一边吃饭一边聊着关于书的事，她这些日子又读了几本书，说起书里的故事和句子。我想着或许可以送她一本书，听她这么说着，又佩服她看书时的认真。如果不是看书看得很认真，是很难把一本书的故事讲得这么清晰的。

"我读书后很难想起来里面的故事。"我说道。

"为什么？"她好奇地问道。

"不知道，"我说，"好像读过很多书，但过段时间就都忘记了，我的脑子没你那么聪明。"

董小满莞尔一笑，说："哪有聪明不聪明，我也不是每本书都记得，只是正好最近读的，所以印象深刻。"

"嗯。"

"我发现你不知道说什么的时候就会说'嗯'。"小满笑着说。

"啊，抱歉。"

"还很喜欢道歉，"她说，"这有什么好道歉的呀，对不该自己道歉的事道歉，这可是一个无意识的坏习惯。"

"嗯……"

"你看，又来了。"她的笑容很有感染力，总是让我忍不住跟她一起笑起来。

"好了，不开玩笑了，"她收起笑容，接着说，"虽然很多书读过会忘记，但它们不是就这么凭空消失了，哪怕有些内容的确会遗忘，但它们只是藏起来了。"

"啊？"我疑惑地看着小满，琢磨着她话里的意思，同时想到了夏诚的性价比理论。

"不是所有东西都会浮在水面之上的，它们会变成我们的一部分，深藏在我们心底，在需要的时候出现，给我们一种力量。就像给植物浇的水，会变成植物的养分，这样才能茁壮生长嘛。这种是隐形的价值，会在未来的某一天迸发出巨大的能量。"

"我大概明白了。"我说。

"从这个意义上来说，我们所经历的一切也是这样的。"

我认真点点头，知道她接下来肯定有话要说。

"上次见面之后，关于你所说的故事，我又想了很多。"她又要了一杯橙汁，问我要不要，我摇摇头，她接着说，"如果可以，能把你与那个女孩的故事再详细说说吗？"

"嗯。"我说道，然后深吸了一口气，尽可能地把当时发生的事详细地告诉了她。其实即便是小满不开口问我，我或许也会把这个故事完整地告诉她的。

"这么说，你是因为她的出现，才得以安稳地度过那段最痛苦的日子的。"听完故事后小满沉默了一会儿，像是在消化我说的故事，接着对我这么说道。

"的确是这样。"我点头说，"所以失去之后才更让人痛苦，准确地说，就好像自己的一部分也被她一同带走了。"

小满把双手放到桌子上，十指交叉，整个人向前微微倾斜，她身上的香味清晰了些。她看了我一会儿，然后开口说道："这么说可不对哦，在我眼前的这个人不还是完整的一个人吗？"

"不是这样，是……"我开口解释。

"我知道，是内心的一部分被带走了嘛，"她笑着说，"但即便如此，每个人都是独立的个体，每个人都有自由成为想成为的人，去想去的地方，一个人的离开是没法带走属于你本身的东西的。那是你与生俱来的东西，你不能因为暂时迷失了，就把一切的缘由归结于他人啊。"

我登时哑口无言。

我突然想到上大学后我把遭遇到的种种困境都归咎于梦真的离开，但其实那不是梦真的问题，是我自己的问题。或许梦真的离开加重了我的自卑感，可归本溯源，这都源于我自身，是我的心态问题。我恍若被一道闪电击中一般，借着闪电的光，脑海中的视野突然开阔起来，原本没有想到的事情此刻出现在我的脑海中，上大学以来我经历的种种事件，不正是从小就经历的事吗？被误解，找不到人说话，惧怕孤独，没有喜欢的事，不懂得怎么生活，自卑又敏感，这难道是梦真留给我的东西吗？

不是的，这些是我自身的性格所导致的，是我把所有的答案都寄托在了梦真身上，是我自以为这些问题可以随着时间的流逝自动地解决。

　　我沉默地思考着这些问题，没法跟小满继续聊天。她等了我一会儿，看我好似很混乱的样子，才开口说道："就算真的那个对你很重要的人离开了你，但对你来说这段经历应该也算得上好事，我这么说可能你不爱听，但是对于当时的你来说，不正是因为有了这段经历才能安稳地过渡到大学吗？这世间没有无缘无故的相遇，也不存在全然错误的错过。每个人的相遇和离开都会留下一些什么的，我是这么认为的。"

　　"或许你说的对。"我点点头，"只是我做不到那么洒脱。"

　　"我的意思不是要洒脱，"小满摇摇头说，"是觉得你不应该通过结果去否定过程。"

　　"嗯，现在我明白你的意思了，我会试着去想通的。"我说。

　　"好了，不说这些啦，说得空气怪沉闷的。"小满说道。

　　"抱歉。"

　　"你看你又来啦，"董小满用手撑着头，咬着吸管说道，"上一秒不还说要改掉这个坏习惯吗？"

　　"嗯……"

　　她又笑了起来，我也跟着笑了。

　　饭后她问我下午有没有什么事要做，我答道没有，她便提议到处走走，指不定就能遇到有趣的事。说罢便抢着埋单，我当然不肯，最终我们 AA 制结了账。

吃完午饭我跟董小满一起顺着马路沿街走着，还好今天有风，不算太过于炎热。但饶是如此，依旧有一种憋闷的气息。被太阳烤热的街道，像是有着放下个鸡蛋立刻就能熟了的热度。街道的行人也无精打采地缓慢挪动着脚步，小满的脚步却是轻快的，仿佛没有被这温度所影响。我们并肩走在繁华的街道上，走得热了便躲进商场吹空调，看琳琅满目的商品。

"不会觉得无聊吧？"董小满问。

"不会啊。"

"真这么觉得？"

"嗯，"我微微点头，说，"觉得就这么走路也是一件有趣的事。"

"即使今天这么热？"

"嗯。"我说。

"你这人想法挺怪的嘛，"她说道，又是莞尔一笑，"巧的是我也这么觉得。"

我们又走了一会儿，她突然停下脚步，打了个响指扭头问我："要不要去看猫？"

"看猫？"

"嗯，我以前去过一家宠物店，我认识那儿的老板，她能让我们在那儿待会儿。"小满兴奋地说道，"不过有些远，走路要走很久，得坐公交车。"

"没关系。"我说。

我跟着小满一路走到公交站台，我拿出手机看了眼时间，我们刚无所事事地走了一个多小时，时间竟然过得这么快，我居然也没有觉得累。上公交车后，董小满选了最后边靠近窗户的位置，我跟着一同坐了过去。一路上她兴高采烈地形容起那家宠物店里面的各种猫咪，她还给每只猫都起了名字，说我到时候见了肯定喜欢。

　　大约过了二十分钟，车到站了。我跟着董小满一路走去，这是我从未来过的地方，是北京的小胡同。胡同口两位老大爷坐在屋檐下，一边扇着扇子，一边嗑瓜子聊天，脸上一副满足的表情。不宽的胡同里是另外一番天地，道路方方正正，笔直地通向前方，身旁墙砖是富有历史感的灰色，屋檐上铺着红色的瓦片，有几家住户的屋檐下还挂着红色的灯笼。路边停着电瓶车、自行车，还有老旧的三轮车。四合院中长着参天大树，阳光被遮挡住，让整个胡同显得很是清爽。这一切都让我恍惚间忘了自己身在繁华的北京，忘了那车水马龙和高耸的大楼。

　　我们沿着胡同走了一会儿，走到了一条岔路，顺着岔路左转，道路开阔起来。那家宠物店就在前面的第三家，门面不算大，但走进来才发现这儿相当宽敞。小满应该是跟老板娘打过招呼，她见我们来了便招呼着我们坐下。出乎意料的是，很多小猫咪并没有被关在笼子里，而是自由地在宠物店的各个角落里打盹儿。当然，宠物店的门口放着很大的栅栏，防止它们跑出去。

　　"我很喜欢这儿，就是因为老板娘把这些猫咪当作自己的猫在养。"董小满说。

"你什么时候接一只回去？"老板娘说，"是你的话，算你便宜的价格。"

"宿舍养不了嘛，就算能养肯定也养不好，"董小满说，"等我毕业了可以好好养猫了，我肯定带一只回去。"

接着她们又说了一会儿话，老板娘就忙自己的事去了，让我们自己陪猫咪玩会儿。

我是第一次近距离接触猫，很是新奇，学着猫叫的声音试图吸引猫的注意力。

"你以为是逗狗呢？"小满捂着嘴笑了起来，说，"猫才不会因为你学猫叫就理你。喏，拿着这个。"她给我递过来一支逗猫棒，自己手里也拿着一支。

这招果然管用，有两只乳黄色的猫咪很快就围了过来，伸出爪子想要抓住逗猫棒。它们的眼睛又大又圆，盯着逗猫棒不放，几乎不眨眼睛，衬得人类的眼睛了无生趣。我把逗猫棒往左边甩，它们就看向左边；往右边甩，它们就看向右边。两只小奶猫显得非常乖巧又可爱，玩了一会儿它们又走开了，找了个地方坐下，慵懒地蜷成一团睡着了。

"猫咪就是这样的，"小满说，"玩了一会儿就不玩了，有时候不知道是人在逗猫，还是猫在逗人。"

"我小时候看过几只野猫，"我说，"说实话，以前觉得猫特别可怕。"

"是不是觉得有一种妖气？"董小满憋着笑说。

"嗯，特别是那眼睛。"

"哈哈，我明白，"她说，"我以前也这么觉得，说实话，我现在还觉得猫的眼睛很神奇。你看它们的眼睛对光线极为敏感，我觉得它们的眼睛能看到我们看不到的东西。很可怕哦。"

我被她说得愣在原地，她又笑了起来，说："看你吓的，猫才懒得吓你呢，别怕。"

接着她又给我介绍起在打盹儿的几只猫。

"最大的那只脾气不太好，你可别招惹它；你看这边这只耳朵折起来的猫，顾名思义，就是折耳猫；这只灰色的猫是英短，它脾气很好，你可以去摸摸它，它不会挠你的。"说完便带着我走到那只猫身边，蹲下来摸着它的毛，那只猫正在睡觉，感觉到有人在挠它，耳朵动了动微微睁开眼，像是想要搞清楚发生了什么，但很快又闭上了眼睛，发出"咕噜咕噜"的声音。我也顺着毛摸了摸这猫咪，感觉很柔软。

"对了，那边那只最胖的猫咪，是加菲猫。你看它的鼻子，是扁的，整个脸呢，就像被板砖拍过似的。"说到这里小满又笑了起来，"但加菲猫可是很名贵的猫哦，特征是懒，整天睡觉不动窝。"

我们重新坐下后，我忍不住问小满："为什么这么喜欢猫？"

"说来话长呢，你真想听？"小满问。

我认真点头，窗外的阳光透了进来，恰好打在我们身上。

"记得之前我跟你说过小时候发生了一些事，让我觉得自己是不被爱的吗？”

我点头，当然记得，她说的话我都记得很清楚。

“我小时候妈妈就跟别人跑了，现在也不知道她怎么样了。”她挤出了一个笑容给我，“那段时间我过得很苦呢。你想，别的小女孩都有漂亮的衣服和好看的鞋子什么的，我却什么都没有，这么想很肤浅吧？可说实话，这对于那时的我来说是最直观的感受，还有，别的小女孩都有妈妈来接她们。我爸因为这个很受打击，只是一门心思地工作，我那时不知道他拼命工作是为了我，只是很难过，他为什么不能像别人的家长一样关心我。我最嫉妒的就是邻居去游乐场回来的那天，她妈妈手里拎着各种娃娃，她的爸爸抱着她，她安心地睡觉。我印象里，我就没有这样被抱过。”

小满说话时注视着正在吃猫粮的一只小猫咪。

“爷爷奶奶也去世得早，我被迫很早就开始一个人上下学了。我自认为是不完整的，别的小朋友都是幸福的，唯独我不是。说来好笑，你说一个三年级的小姑娘哪懂什么是真正的幸福啊，就连‘幸福’这个词都刚学会不久呢。可还是这么觉得，那时候整天动不动就觉得难过，特别是放学回家的时候。那种一个人的感觉太糟糕啦。”

说到这里，小满像是为了镇定情绪似的调整了下自己的呼吸，扭头看着我。

我认真地听她说下去。

“后来在路上遇到一只流浪猫，土灰色的小猫咪，它看起来脏极了，其实我之前看过它好几次，它跟我一样都是独自一个。有一天我看到它蜷缩在角落里，我就走到它身边蹲下来，跟它说话，它怎么可能懂我说什么呢，但奇妙的是到后来，它也喵喵喵地叫了。我本来想待更久，可天都快黑了，我不能不回家，它就一边叫一边跟着我走，一直跟到了我家门口。我想它肯定是渴了，就拿来水给它喝，就在这当口它跑进了家里，把我家当成是自己的家似的，一边走一边闻。最后你猜怎么着，它就躺到我家沙发上去了。我爸回家后一直说要把这只小猫咪扔出家门，我当然不肯，又哭又闹好不容易才说服我爸留下它。我爸可能不懂为什么我非要养它，其实我是太需要陪伴了，这只小猫咪就可以陪伴我。从此，它就成了我们家的家庭成员，我给它起了个名字，叫阿水。很土的名字吧？"

小满停了下来，看起来仿佛在回忆当时的情景，眼神开始闪烁。

"我们一起生活了很多年，阿水最喜欢在我睡觉的时候躺到我的枕头上，像是在宣告主权似的，我就摸摸它的头。它睡觉的时候可爱打呼了，那呼噜声像人似的。你别说我有时候真的觉得它像一个人，好像它能懂我的情绪一样。一旦我难过或者觉得寂寞的时候，它就跑过来用身子蹭蹭我的腿，让我去陪它玩儿，还冷不丁地跳到我身上来。当我有事情要做的时候，它又安安静静地跑开了。阿水最喜欢做的事情就是晒太阳，就跟现在那只猫似的。"

我顺着小满的眼神看过去，有一只黄色的猫咪正躺在阳光里，双眼微眯，看着很享受。

"我也最喜欢跟它一起晒太阳，这种时候就好像时间也变得缓慢了，我从来没觉得晒太阳是这么温暖的一件事。那时候我总爱默默地看着它，觉得它虽然也是孤身一人，但是看起来一点都不慌张。我想很多吧？你可别笑我，我真的从它身上看到了这点。"

我赶忙摇摇头："我能理解这种感受。"

"真的？"

"嗯。"我用力点头。

"猫是柔软又安静的小动物，柔软得像水一样，既没有翅膀可以飞走，也没有像乌龟那样的壳，安静得有时让你感受不到它的存在，它们不会像狗整天撒娇。它选择安安静静地陪伴。当它睡午觉的时候，我就跟它一起睡觉，这种时候我什么都不会想。阿水脾气也特别好，虽然更多时候我都搞不懂它在想什么，但不管我怎么跟它玩，它都没有不耐烦过，从来没有挠过我。就这样，我慢慢地情绪好了起来。那天看着它睡着，肚皮随着呼吸一动一动，突然觉得或许这就是幸福吧。我以前觉得幸福是别人给的，是一种宏大的东西，但或许幸福是一种细微、平和同时又源于自身的东西。我之前总是在想自己的缺失，从来没有想过自己拥有什么。你看，这世界不是挺好的吗？我想象着自己是阿水，可以呼吸到新鲜空气，可以晒太阳，可以在午后打盹儿，就觉得自己其实也是幸福的。"

我听她说着，又不时地看着正在呼呼大睡的几只小猫咪。在这之前，我从来没有想过小满有这样的故事。我想小满能从猫身上看到这些，一定是因为她本身就是一个温柔的人，只有温柔的人才能从猫身上看到这么多。

"因为有了阿水，我才能安稳地度过童年哦。"小满接着说道，

"这世上的每一只猫我都喜欢，哪怕只是在路上偶遇一只可爱的小猫，我也会觉得幸福。因为有了一个小生命的存在，我也决定要好好照顾自己，只有照顾好自己，才能照顾好这只小猫咪，虽然很多时候它都不需要我照顾。后来有一天，是五月份的事儿，它突然不理我了，一连好几天都趴在门口，那样子就像是想离家出走一样。"

"它怎么了？"我问道。

"在一天夜里，它静悄悄地去世了。"小满轻轻干咳一声，深吸一口气说道，"我想它是不想让我看到它快要去世的样子吧，想在我心里留下一个好印象。一定是这样。"

我什么话都说不出来，甚至没有办法动弹，只是微张着嘴看着小满。

"别担心，我不难过，"小满看着我，似乎知道我在想什么，给了我一个笑容，接着说，"我知道，它用它的一生陪伴了我，让我觉得不那么难熬。我会记住跟它在一起的日子是很开心的。只是有一段时间很不习惯呢，我回到家第一反应还是叫它的名字，以为还可以在沙发上、在床上、在凳子上看到它。故事讲完啦。"

说完故事，小满又站起身来，蹲到一只小猫边跟猫玩闹起来。她伸出手在空中转圈，小猫的眼睛一直盯着小满的手，伸出爪子想要抓住小满的手。玩了一会儿好像是累了，小猫翻了个身，开始舔着自己的爪子，清洁起自己的脑袋来。

"猫咪还有一个特质，就是可以自己跟自己玩儿。"小满回过头看着我说道，"在它们的世界里，好像没有时间漫长这个概念，它们是一种活在当下的生物。它们会着眼于自己拥有的东西，从来不会对生活不满。可能这么说你会觉得奇怪吧？我是这么觉得的。我有时候会想，或许只有人类才会不满足，明明拥有很多了，还想拥有更多。你看它们，只要有吃的、有喝的、有阳光，就可以安安静静地度过一生了。我们啊，就是做不到这点，所以才会有难过和孤单的情绪吧。其实有时候想想自己拥有的东西，或许就不会觉得孤单了呢。所以我告诉自己，不管发生了什么，都要想到自己还拥有很多东西，至少我们还拥有时间，至少我们还拥有阳光，至少我们还可以去想去的地方，至少这个世界还有猫嘛。"

说到这里，有只猫咪突然蹦到了我的腿上，在我腿上转了个身，像是在寻找最舒服的姿势躺下。这是一只土灰色的加菲猫，说实话，它有点重，肉嘟嘟的。我吓得动都不敢动，生怕让它不舒服了。大概是我的样子太滑稽，董小满笑出声来。我伸出手轻轻地抚摸它的毛，小猫咪抬头看了我一眼，打了一个哈欠，接着把自己蜷成一团。

"看样子你也很招猫咪喜欢呢。"董小满说，"你可以用手轻轻地挠它的脑袋，它会很舒服的。"

我按照董小满的说法挠着它的脑袋，不一会儿，我听到它发出咕噜咕噜的声音。又过了一会儿，正当我觉得双腿有点累的时候，它好像知道我在想什么一样，从我身上跳了下去。

一下午的时间就这么过去了，阳光和猫咪温柔地包围着我们，我看着小满一直用温柔的眼神看着小猫咪，觉得午后的时间过得如此短暂又柔软。

到了快五点的时候，董小满站起身来，打趣似的对我说："今天晚上还喝酒吗？"

"已经好几天没有喝啦。"我说。

"嗯，"小满露出很甜的笑容，阳光一直洒在她身上，聚成一种特别的颜色，那颜色也照亮了我。我感觉到自己内心正在逐渐地复苏，她接着说："那一会儿一起去吃饭吧。"

我点了点头，脑袋已经无法思考更多的事了。

我本以为小满要带我回大学城周边找一家店吃饭，没想到她告诉我，要去她高中时常去的小吃一条街。那条街离我们所在的宠物店有很长的一段距离，我们先是坐公交车，又转了七站地铁，最后还得坐四站公交车。

坐上公交车后，困意袭来，我已经好久没有走这么一整天路了。我迷迷糊糊地睡了过去，醒过来的时候发现小满也睡着了。她靠在我的肩膀上，我不敢说话，也不敢乱动，只好扭头看窗外倒退的街景。

不一会儿小满醒了过来，我满脸通红，她好似什么都没有发生一样。下车后我跟小满沿着斜坡一路往上走，我看着路边的小卖部，看着路边堆满的电瓶车，看着不远处的天桥，总有种说不出来的熟悉感。但我的的确确是第一次来到这个地方，这种熟悉感我不知道从何而来，我看着身旁的小满，突然意识到她也给我带来了一种熟悉感。我开始觉得，一个人给你带来的熟悉感，并不是通过时间长短来判定的。有时你可能遇到一个陌生人，但就是觉得熟悉；有时你可能跟身边的人生活在一起许久，可还是觉得他像一个陌生人。

我没有多想，因为很快就走到了她所说的小吃街。

这条小吃街不算太繁华，或许因为地理位置偏僻，来来往往的人并不多。小满一脸兴奋地告诉我："我上高中的时候，几乎每个星期都会来这里吃饭。"接着她带我走到了一家面馆。

我们一边吃面一边聊天。

"怎么样？"她问我。

"很好吃。"

"是吧，"她眉毛一挑，说，"可能下午提到了小时候，就突然很想来吃高中时候吃过的拉面，还好，还是那时候的味道。我好久没回来啦。"

"的确挺远的。"我说。

"不仅仅是这个原因，"小满说，"我是初二才搬到北京的哦，所以在北京一直跟着我爸租房子住，经常搬家，在来北京之前，我一直在四川生活。"

"我一直以为你是北京人。"我说道。

"才不是，"小满说，"是因为我爸工作的变动，我们才搬来北京的，对了，阿水也跟我们一起搬到北京了。说起来我真的太讨厌搬家了，好不容易习惯一个地方，就要搬到完全陌生的环境。我到现在都觉得北京的生活节奏太快了呢。"

"我也这么觉得。"

"是吧？真的，怎么就不能慢下来呢？就拿学校来说吧，明明是要生活四年的地方，可很多人一门心思想着的都是毕业后的事，再不就是也不怎么来学校，最爱去校外的地方，要我说以后能去那些地方的机会多的是，倒是往后想再体验上学的生活就难了。为什么要提前体验人生呢？活在当下就好。"小满用很大人的语气说道，她远比我成熟，想得更多更远。

"小满，你的高中生活是怎么样的？"我问道。

"没什么特别的，"小满想了想，接着说道，"我算不上很起眼的女生，成绩不拔尖，体育也一般，又没有什么特长。"

"是吗？"我有些诧异，我一直以为她是那种情书收到手软的女生。

"怎么？"小满问，"看你好像很惊讶的样子。"

"嗯，"我说，"……我觉得你是那种很受低年级学弟喜欢的女生。"

"啊哈，你这么觉得啊，不过不是这样的哦，有生以来也只收过两封类似于情书的信。"小满笑着摇摇头，说，"说实在话，我算不上受欢迎，也不热衷于出风头。我小时候就这样，同学们都特别爱参加什么文艺表演，我偏不喜欢，合唱啦，集体朗诵啦，我都不喜欢，可也无可奈何。其实我特别喜欢唱歌，就是不想唱自己不喜欢的歌。还有就是几家人聚在一起的时候，过年的时候吧，大家都把自己的孩子当成自己才能的一部分来展示，有人会背唐诗，有人会跳舞，有人会说好听的话。我爸总叫我去唱歌来着，我偏不唱，有好几次都惹得他生气呢。"

"我也受不了，会浑身别扭。"

"对对对，就是这感觉，另一点是我为什么要唱歌给根本不懂这首歌的人听呢？他们听完也就是说几句恭维话啦，仿佛功劳都是我父亲的，我才不要呢。就算要表演，也要给那些会真诚给你鼓掌的人看，我总觉得在学校的氛围里，很少有人会真正地注意到你所想要表达的东西。大家都在争相让自己引人注目，就说那些文艺表演吧，千篇一律都是那些歌，但有多少人真的喜欢那些歌呢，我想得打一个问号吧。这么说是不是有点任性？"

"不会，我觉得这反倒是应该坚持的品质。"我正经地回答。

"应该坚持的品质，"她又重复了一遍，拍了下手说，"举双手赞成。"

"所以我的高中时代就是这样，说起来受欢迎的是安家宁啦，她是那种不需要刻意表现自己也能抓住别人眼球的人。我呢，就是在她身边的普通人。"

"这样啊。"我说。你有一种不加修饰而打动人心的气质，一点都不普通，我在心里这么说。

"但是她就死心塌地地喜欢夏诚，你不知道，她那时候对夏诚以外的男孩子可没有好脸色呢。不管追她的男孩子有多优秀，她都不会多看上一眼，她眼里和心里只有夏诚，像是被夏诚施了魔法似的。但当我们问她为什么喜欢夏诚的时候，她又说不出个所以然来。"

"可能是因为夏诚很引人注目吧？"我说。

"绝对不是这种理由，"董小满坚定地说，随即又无奈地摊手，

"不过感情可能就是没有原因的事情吧，天时、地利与人和，三个因素加在一起，嘣，就被丘比特的箭给射中了。不过有时候丘比特可不都是安着好心眼呢。"

"什么？"我惊讶地说，意识到小满话里有话。

"没事，"小满没有就这句话继续说下去，"我就是这么一说。反正我是不理解丘比特的想法，迄今为止也没有被丘比特射中过。"

"一直都没有谈恋爱？"

"没有，"小满说，"不知道为什么总是差一点呢。安家宁也问过我选男友的标准，我说没有标准，我追求的是心灵上的契合。"

"可能没有标准才是最高的标准。"我说。

"是吗？"

"嗯，"我正色道，"因为按照条件去找一个人，总能找到的，可如果没有标准的话，那就很难了。"

"有一阵子我常常跟自己赌气。"她说。

"跟自己赌气？"

"嗯。"她笑容满面地说，"气自己为什么非要找心灵契合的恋爱不可，有时候真的很羡慕那些谈恋爱的朋友。陈奕洋，你有没有那种时刻啊？就是那种特别想找人说话的时刻，对方是谁都无所谓，只要有那个人就行。"

我几乎没有思考这个问题，就用力点头。

"可是我发现，一旦真的有人站在我面前了，我就一句话都不想说了。说什么对象无所谓，其实只是跟自己赌气而已，到头来还得是对的人才行哪。"

"说不定就是这么一回事。"我说。

董小满愉快地笑了，"啪"的一声打了个响指："陈奕洋，你信不信磁场啊？"

"磁场？"我第一反应是物理课上学的那种。

"我不是说那种物理课本上学的磁场，"她笑着说，"是人与人之间的磁场，每个人都自带着磁场，所谓的朋友就是磁场相吸的人，有时候你只要看对方一眼，就能知道他跟你能不能成为朋友。"

"像是电台？"我想象着电台，只有调准频道，才能接收到正确的信号，一旦频道不准确，那信号所留下的只有"滋滋滋"让人烦躁的声音。这跟董小满所说的大概是同样的道理。

"嗯，像电台。"董小满点头表示认同。

我们边聊边吃完了面，小满一脸满足的样子，我也觉得很久没有吃到这么好吃的面了。吃完饭后，小满看着心情大好，带着我沿着小吃街一路走去。现在是晚上八点多，终于不那么热了，我跟她走在人不多的小路上，不时有车开过，知了的叫声也不再烦人，连风的速度都刚刚好。小满的连衣裙的裙摆随着风飘摆起来，我们就这么一直沿着路走了许久。她跟我说起很多她以前的事，在路过一个小区的时候，小满告诉我这是她住过的小区，说起曾经在这里住着的点点滴滴，拉着我走进小区，一脸兴奋地告诉我，一切都没变。说话时，她的笑容显得那么明媚，眼睛依然是那样的晶莹清澈。

就这么一直走到十点多，我们才坐上公交车原路返回。这一路上我们还说了许多话，但遗憾的是我已经记不太清了。只记得我们没完没了地说着，话题一个接着一个，像是被拧开了水龙头的水，源源不断地流着。我跟她在大学城挥手告别，还得一个人再走十几分钟的路程。她走后，走路就变得了无生趣，眼前的风景不再活泼，一下子变得空空落落。我回想起今天一整天跟小满走在一起的情形，那感觉就像是去了一个重力不同的行星似的。

这是发生在我身上的事情吗？我不由得产生怀疑。

回到家已经夜里快十一点半。姜睿难得地还没有回房间，他在客厅的书桌上正写着什么，看样子是又在琢磨拍电影的事。他这阵子正在写剧本，整天苦思冥想，见我回来了，他抬起头问我："今天看起来有好好打扮，约会去了？"

"没有，没……有。"我支支吾吾地否认。

姜睿推了推眼镜，露出柯南推理出事实真相的表情："从你躲闪的眼神看得出来，你在说谎，而你说话的语气又显得很慌张，最重要的是，你今天居然戴了隐形眼镜，决定性的证据是……我今天中午看到你和一个女生吃饭来着。"

"不是，就是一个普通朋友。"我说。

"行行行，我看你那时的眼珠子都快掉出自己的眼眶了，"姜睿说，"那女生跟你挺般配的嘛。"

"你今天怎么跟平时不太一样？"

"这两天为了写剧本，看了很多侦探电影。刚才那段怎么样？"

"很不错。"我用投降的语气说道。

我回到自己的房间，躺到床上，在脑海里回想今天跟董小满的交谈，每一句话都历历在目。我意识到回忆起这一天的时候脸上都挂着笑容，正当我这么想着的时候，一丝不安突然袭来，并且迅速扩大。

我很快明白过来这不安到底是什么。

我在害怕，我害怕这一切都是自己的自作多情，或许我是把她的善良当成了另外一种情感。

与此同时，我更害怕再次爱上一个人，再次把所有的心思都放在一个人身上，结果有一天，那个人突然悄无声息又毫无征兆地离开了我的生活，我就被抛弃了。那种痛苦再次呈现在我的眼前，这让我害怕，让我恐惧。

等我回过神来，原本听得到的声音突然听不到了，风声，说话声，车流经过的声音，还有那蝉鸣声都离我远去。一切都还是原来的模样，可在我眼里已经具备了完全不同的色彩。

我尽量让自己不去在意那些，可怎么也睡不着。

第二天醒过来，我给董小满发了信息，当然什么也没有说。只是想到她喜欢读书，便找了个关于书的话题，她的信息回得很快，即便只是看着文字，我也能想象到她的神情。

就这么过了一个星期，那丝不安眼看着就要消失，我在街道上无意间看到了董小满。

那天是星期日，我正从家中去书店打工的路上，夏天的阳光是如此炙热，太阳晃得我睁不开眼。途经商场，我想从商场中穿过，逃避一会儿日晒，恰好在商场一楼的咖啡厅看到了董小满。她一个人坐在靠窗边的位置，我刚想去打个招呼，突然看到她抬起头跟一个男生笑着打招呼。那个男生手里拿着两杯咖啡，一脸笑容地走向董小满，一副自然又亲切的模样，透过玻璃都能感受到他笑容里的阳光。小满一直看着他走近，接过他手里的咖啡，两个人好像在谈论着什么，只是短短几句，小满就露出了极为灿烂的笑容。

不知道为什么，我觉得这笑容跟她在我面前展现的不同。回过神来，我便赶紧离开了商场。走到马路上，深呼吸了几次，稍微平复了下心情。

或许只是她的朋友呢？两个人并没有亲昵的行为，看着的确更像两个朋友在一起聊天。可为什么我能感受到一种奇妙的感觉呢？那感觉并不好受，像是空气中都充满着看不见的颗粒，让我的呼吸都变得困难。北京此时此刻的天空也显得低沉，刚才刺眼的阳光眨眼不见了，或许是要下大雨，突然刮起风来，可见度很低，这让我眼前的大楼失去了现实感。

我到底在想什么？我脑海里浮现出了梦真离开的那个夏天，那已逐渐远去的记忆又再次变得清晰起来。但我明白我现下所感受到的痛苦并非是梦真的离开，而是全然不同的一种东西。我敏感的心再次跳跃起来，这痛苦细微又复杂，像是嫉妒，又像是自卑。

一直以来事情不都是这样吗？我所能扮演的只是倾听的角色，能给别人带来的欢乐少之又少，这一点我心知肚明。我是多么无聊的一个人啊，又怎么可以幻想着或许别人也喜欢我呢？又有什么资格去嫉妒呢？

夏天真是一个会让人胡思乱想的季节，而冬天有时会让我没缘由地难过。

其实只要当朋友不就足够了吗？我对自己说。

想到这里，一切又好像豁然开朗了起来。

我想到了这一年来所接触到的人，所拥有的朋友，所做的改变。至少一切都在向好的一面发展着，我也有了能说上话的朋友，这些都足够让我感激了。

"当你心情不好的时候，就想一些你所拥有的事情。"董小满的话再次浮现在我耳边，说来奇怪，这时候让我平静下来的居然又是她的话。

然而就在夏天快要结束的时候，一切发生了天翻地覆的改变。当一个人以为一切终于开始向好的方向发展时，命运总会站出来跟这样的人开玩笑。

仿佛一切都是为了印证姜睿所说的话，车到站了总有人要先离开，一个接着一个。

七月中旬我回了趟家。

家里的空气依然沉闷，就连故乡的风景都让我开始觉得陌生了。让我觉得熟悉的还是只有奶奶。她所在的那个小小乡镇依然是我记忆里的模样，除了跟奶奶说上话之外，我跟谁都没有再说话。

八月过了一半，我便找了个借口回到北京。跟奶奶告别时，她让我注意身体。在回北京的飞机上，我意识到我开始用"回"北京这个字眼，是回到北京，而不是去往北京。我想这是因为在北京至少有能说话的朋友，那里的生活终于步入正轨。

这期间我跟董小满保持着短信联系，完美地把自己放在一个朋友的位置上，不让自己产生多余的期待，这样一来，心情也轻松了不少。回到北京之后，空气一下子新鲜起来，让我很想找人说说话。

拖着行李回到北京的家中，发现姜睿不在家里，我觉得有些奇怪：在我回家之前，姜睿跟我说过他也要回一趟家，但一周后就会回来。他应该早就回北京了，现在又是晚上十点多，他会去哪里呢？我打开手机，才发现我们上次发信息已经是一个多星期前的事了。

我给他发信息说自己回来了，想问问他在哪儿，什么时候回来，但没有回复。

我给董小满同样发去信息，她说自己躺着准备看会儿电影睡觉。我想了想，又发了一条信息给夏诚，刚合上手机，他的电话就来了。

"有空的话来我家看球？"电话另一头的夏诚说道，"咱俩也好像很久没见了吧？"

"没问题。"我把行李放下，稍微收拾一下就出了门。

夏诚穿着一套睡衣给我开了门，我坐下后，他从酒柜里拿出了一瓶威士忌，摆出了配套的威士忌酒杯放在乳白色的茶几上。接着又打量了一番酒杯，站起身来走到了厨房，从冰箱里拿出了他准备好的冰块。可能是太久没有喝威士忌了，刚喝了两口只觉得嗓子有些火辣，我便问他家里有没有啤酒。

"啤酒有什么好喝的？一点都不带劲。"他虽然这么说着，但还是帮我拿了一瓶啤酒，"不觉得啤酒只是涨肚子吗？喝起来又跟白开水似的。"

他说得在理，但我还是坚持喝啤酒。

我们有一搭没一搭地聊着天，老实说，我们已经很久没有这么说话了，我也很想念这种感觉。

我环视他家，发现客厅的一角多了一个我只在电视里看过的东西。那是一个木制的桌式足球台，可以通过桌子两边的操作杆来控制同样用木头制作的球员，旋转木杆就可以旋转球员，用旋转的力道去踢桌子中的小足球，像是真的足球比赛一样。

"来一局？"他问道。

结果当然是我被踢了个落花流水。

"这需要技巧。"他这么说道，灵活地操纵着球员，再一次踢进我防守的大门，"掌握好技巧就很容易了。"

"对我来说太难了。"我叹道，举手投降。

"只要练习就好了。"他说，"其实没那么难的，我练了几天就上手了。"

他的语气里依然充满着自信。

"就算我想练习，也没有这个条件嘛。"我说。

"你想要的话送你好了，反正也不值太多钱。"他熟练地又进了一个球。

"不用不用，"我赶忙说，"我家也没地方放。"

"那还真是可惜，这玩意儿我也用不了多久。"

"什么意思？"我不解地问。

"年底我就要出国了。"他轻描淡写地说。

"啊？"我意识到自己的声音过于大声，便拿起手边的啤酒喝了一口缓解尴尬。

坐回沙发后，他点起了一根烟，边抽烟边指着书柜说："你看，这两个月我一直都在学雅思。"

"雅思？"

"International English Language Testing System，怎么样，我的发音还标准吧？"他说。

"是要出国用的英语测试吧？"我想起来之前好像听说过。

"Bingo。"他用双手指了指我，又说道，"特别是要去英国的话，必须考雅思。"

"要去英国？"我说，"怎么这么突然？"

"也不突然，只是以前没机会跟你说，我早就想离开北京了，原本出国就是我人生规划的一部分。"夏诚把玩着打火机，然后说，"你想，我从小就生活在北京，对别人来说这座城市可能充满各种魅力，有各种新鲜的事，但对我来说就不一样了，我在北京待了二十年，这里每天发生的事都差不多。在一个地方待久了，就想去更远的地方生活看看，这也是人之常情吧。而且这年头，出国不也是一件稀松平常的事吗？"

"站在你的角度来看，或许真是这样。"我说，"对我来说这就太遥远了。"

"也不一定，"他把烟熄灭，举起酒杯，"说不定未来我们会在伦敦相遇呢，或者在另外一个城市相遇，到时候咱们再一起喝酒玩游戏。生活充满各种可能性，不要忘了这一点。"

我沉默不语，默默喝着啤酒，夏诚饶有兴致地看着电视。一时间客厅里只剩下电视里足球赛的声音。沉默中我想到了安家宁，想起我跟她第一次见面的情形，她那小心翼翼又满怀期待地跟我说着夏诚时的表情。"那安家宁呢？她也跟你一起出国吗？"我问道。

"不知道呢，我还没跟她说。"他说。

"啊？你都没跟她商量一下吗？"

"结果不会因为我们商量而产生任何改变。"说这话时，他的表情没有任何变化。

我在脑海里想了想措辞，说："你可得想好，这可不是什么小事。"

"这我知道。"他说道。

球赛结束后，他关掉电视，用手机连着音响放着音乐，跟我说起他与安家宁的故事，他的父母和安家宁的父母都认识，从他小时候起两家人经常聚在一起，一来二去他和安家宁就熟悉了起来，又上了同一个初中和高中。身边的人都觉得他们般配，他们自己也这么觉得，顺理成章地在一起。据他所说，他连表白的步骤都省略了，只是有一天晚上在信息里提了一嘴。他把自己的感情故事说得极为平淡，就像是他们除了在一起也没有其他选择一样，这是一件自然发生的事件。

我忍不住插嘴："为什么听你说这个故事的时候觉得很平淡呢？"

"就算我想把它说得不平淡也没有办法，"夏诚又喝了一口酒，

"说得具体一些，就好像我们在一起的时候，就已经跳过了恋爱的阶段了。"

"怎么可能？哪有人刚在一起就跳过了恋爱的阶段。"我说。

夏诚笑了一下，我捉摸不透他笑容里的意思："这是事实，我太了解她，她也太了解我，我们少了一些灰色地带。啊，对了，神秘感，少了一些神秘感，这导致了我们之间太平淡了，像是一眼就能看到头似的。"

"我体会不到你说的感觉。"我无奈地说道。

"就好像是还没成为完全的自己就已经在一起了。"他补充说明。

"那现在呢？"我问道。

"现在我们的步调已经无法同步了，我们喜欢的东西不同，我喜欢踢球、喜欢喝酒、喜欢大家聚在一起热热闹闹，但她不喜欢，也可以说适应不来这样的生活。有时候她是为了我才去那些场合的，这我知道。我们所向往的生活也截然相反，我期待去更大的世界，去更多的地方看看，去磨砺自己，但她是一个恋家的人，对她来说，没有哪儿比北京更好了。上大学后，她的生活还是一成不变。这是一个巨大的悖论，两个人越是一起生活，反倒越是发现不同之处，"他说，"我已经决心拥抱新生活了，这谁也改变不了。"

我一时失去了语言，客厅里的音乐声恰逢其时地传到耳朵里，让我没有办法很好地思考。好不容易把自己从这个状态里拉出来，夏诚正说着话。

"老实说，我觉得跟家宁分开一段时间，对她也是一件好事。"

"啊？"我掩饰不了惊讶，双眼直盯着夏诚。

"永远跟我腻在一起，她是没有办法长大的。跟她在一起我很幸福，这我知道。但人终究是要独立成长的不是吗？我没有必要停下我的脚步去等她。再说，她知道我就是这样的人，我不会为了感情而错过就在眼前的机会的。如果我为了安家宁留下来，对我岂不是一件不公平的事？"

他说话时我感觉到了冷漠，我忍不住想，夏诚到底是一个什么样的人呢？明明他对陌生人和朋友极其有礼貌，温柔又体贴，可是一说到安家宁，他那种高傲又无所谓的态度让我觉得陌生。莫不是他对于陌生人的态度，是他所谓的为人处世的才能？

不，不能这么想，这么想下去我就会失去眼前的这个朋友，即使我们本就算不上亲密无间。

"不管怎么样，一定有个解决的办法。"我说。

"说到底，我不可能把感情放在第一位的。"他说，叹息一声，"这连我自己都改不了，家宁也很清楚。"

"可你不能一声不吭地消失吧？"这岂不是跟梦真一样吗？

"不，当然不会，这样就变成不负责任了。我会开诚布公地跟她聊一聊，"夏诚说，"给她选择的自由，如果她不愿意等我了，不等就是了；如果她愿意等我，那就顺其自然。"

我叹了一口气，问："那你准备什么时候告诉她？"

"过几天吧。"夏诚说。

"无论如何，你都要好好跟她说，尽量照顾她的情绪。"

"放心，"他笑了起来，"怎么一副担心的样子？"

我动了动嘴皮，但什么话都没有再说。梦真是不是也是决心拥抱新的生活，所以才离开我的生活呢？老实说，我没有任何答案。我意识到就像说服不了夏诚一样，倘若真的让我知道梦真离开的理由，我也没有办法说服她。

一旦一个人下定决心要离开你，或许你做什么事都没有用。这是我在夏诚眼里读到的东西。

这一话题告一段落，他提议再玩游戏，我没有了玩游戏的兴致，便说自己准备回家了。

"这么早？"他看了眼手机，用的是最新的一款触屏手机，"才十二点刚过，说不定一会儿咱们还能去酒吧喝酒。"

"不了。"我想起了上次酒局的情形，那场景已经失去了魅力。

"陈奕洋，"他突然严肃起来，问我，"是不是觉得我太过冷漠了？"

我一瞬间不知道是不是应该说出内心真实的想法，"有点儿。"我还是这么说道。

"我明白，换成任何一个人都会觉得我冷漠。听起来像是狡辩，但我深思熟虑过，这不是我的问题，也不是安家宁的问题。"他说，"如果两个人可以永远同步成长，生活可以永远一成不变，这自然最好，可这是不可能的，问题就在这里。"

这是那天我们所说的最后一句话。

回家的路上我脑海里再次浮现出安家宁的模样，暗自祈祷她不要因此而太过痛苦。

姜睿第二天依然没有回来，发的信息他也没有回复。

一整天我都在犹豫要不要跟董小满说夏诚的事，让她先让安家宁有个心理准备，但又觉得这实在不是我应该插手的事，毕竟我和安家宁的接触算不上太多。而且这件事应该也最好由夏诚自己来说才对，我只好把这件事按下不表。

那几天，董小满跟我的聊天中没有任何异常，我想，说不定夏诚跟安家宁的结局不至于像我想象的那么糟，又过了几天，我接到了董小满的电话。

这已经是夜里快十二点的时候了。

"不好意思，你还没睡吧？如果还没躺下的话，可以过来一趟吗？"她问道，说话的语气里透出一丝不安的感觉。

我用平生最快的速度从床上爬起来，赶到了她电话里所说的地点。在昏黄的路灯下，我看到了董小满，还有安家宁。她们坐在公交站台里的座位上，通常董小满见到我总是会热情地打招呼，但这次她跟我挥手的时候显得有些心不在焉。走到她们跟前，安家宁才看到了我，一看便知她精心打扮过，但与之相对的是脸庞没有任何神采，嘴唇惨白。

"你怎么来了？"安家宁说，或许是出于礼貌，她依然给了我一个笑容，但她整个人的感觉就像是刚被雨淋过一番，声音里藏着某种让人难过的东西，我隐隐地猜到发生了什么。

"是我叫他来的。"董小满对安家宁说，接着又凑到我身边问我，"夏诚的事你知道了吧？他说前两天跟你喝酒，我想他应该告诉你了。"

"嗯。"我点头，"那天他跟我提了一些。"

"他怎么说的？"董小满问。

"嗯……就是说自己要出国了。"我说。

"还有什么别的吗？"

"没了，"我说，"我们没有聊很久。"

董小满看着我的眼睛，像是要察看我是否有说谎，但夏诚对我说的话依然不应该我来说，现在也不是说的时候，我便赶忙问董小满："夏诚跟安家宁聊过了？"

"是，就在今天。"她面露不快。

"什么时候？"

"他们吃饭的时候，具体情形我也不知道，当时我不在。"董小满看了眼安家宁，接着小声跟我说，"后来我就接到了家宁的电话，她跟我说了夏诚要出国的事，电话里她不肯多说话，我怕她出事就赶紧过来了。可是到现在我们说的话都不超过五句，我很担心，但她不肯回家，哪里都不肯去，就想着叫你过来，问问你夏诚有没有对你说什么，而且半夜有男生在心里踏实一点。"

"嗯。"我点头，也看向了安家宁。她今天精心打扮过，化着精致的妆，戴着白色的耳环，整个人依然打扮得相当漂亮。我想象着他们吃饭时的场景，安家宁大概压根儿就没有想到夏诚会说这些，她说不定满怀着期待打扮妥当去跟自己的男朋友见面，期待着今天的约会，但怎么也没有想到他要说的是要出国的事。如果是一般人，或许会有回旋的余地，或许会好好哄女生开心，说一些好听的话，然后争取两个人能够继续在一起。但夏诚不会，我想起了他对我说话的语气，他这人就如同他自己所说，跟自己的未来比起来，感情是可以割舍掉的部分。既然他说要开诚布公地聊一聊，只怕也跟安家宁和盘托出了自己的想法。

他那平静又冷漠的表情再次展现在我面前，我不由得倒吸一口凉气。

我想着应该说什么话缓和一下气氛才好，发现自己压根儿不知道说什么。安家宁神色漠然，看着前方的一片黑暗，没有任何其他的表情，甚至可以说是出奇地平静：平静得让人更担心，也让人不知道该怎么安慰。

我看向董小满，她也一副手足无措的模样。

不知道过了多久，我问董小满："那夏诚人呢？"

"谁知道？"小满的语气里半是愤愤不平，半是无奈。

"或许他在喝酒，要不我给他发个信息？应该能问到他喝酒的地方。"我提议道。

"不用了。"安家宁打断了我们，这是她这么长时间来第一次说话，或许因为太久没有说话，她的嗓子听起来很沙哑，也有些有气无力。

"家宁，有什么情绪都发泄出来，有什么想说的都告诉我们。"董小满说。

"真的没事的，你们先回去吧。"安家宁说。

"那怎么行？"董小满继续说道，"怎么能留你一个人在这儿？"

"是啊。"我也这么说，"我们送你回去吧。"

安家宁终于抬起头，看着我们，但我察觉不到她眼神的焦点在我们身上。她沉默了一会儿，像是在想什么事情，开口说道："我想走走，可以吗？"

"想去哪儿？"董小满问。

"不知道，只是不想回家。"安家宁说。

她站起身来，董小满也跟了过去，并肩走在我的前方，我默默地跟在她们身后。北京的夏夜是如此闷热，这么长时间来居然没有一点儿风，空气似乎也是凝固的。安家宁身上流露出的气场，让我觉得她整个人的心思压根儿就不在这里。我看着她的背影，过了一会儿才想起来，有那么一段时间我走路的模样也是这样，低着头，什么风景都不看，双脚像是被灌了铅一样，走每步路都需要力气，也因为没有要去的地方，脚步是如此缓慢，连声音都没有。

董小满一直尝试用各种话题引起安家宁的兴趣，想让她多说说话，分散她的注意力。刚开始安家宁还有一搭没一搭地说话，但后来就不再回应了，董小满也不知道该再说什么。沉默再次降临，像是坚硬的石块一样难以打破。我们三个人就这么走着，沿着人行道一路往前走，又走过一座天桥，安家宁在天桥上看了一会儿街景。眼下的街道居然还有不少车路过，即使是深夜，北京依然是一个热闹的城市，城市是不会落寞的，落寞的只有人而已。

董小满走到安家宁身旁，她们两个一动不动又无声地看着眼前的风景。此刻安家宁在想什么呢？小满又在想些什么呢？我自然无从知晓。

良久，安家宁说："陪我去喝一杯吧，突然想喝酒了。"

"好。"董小满说，"你今天想干什么我们都陪你。"

我想了一下以前喝酒的地方，但哪里都不太合适，那些地方很可能会出现夏诚的身影。最终我们走过两条马路找到了一个唱歌的地方，这是一个很简陋的练歌房，董小满和安家宁的打扮惹得走廊里走过的人不停地回头看，但安家宁并不在意这些，她径直走向练歌房里买酒的地方，要了一瓶人头马的VSOP。我想起来，这是去年夏诚生日时喝的酒，又想起那天的安家宁应该是滴酒未沾，往后也没见她喝过什么酒，这一瓶能喝完吗？我在心里想。

昏暗的包间不出所料，很简陋，同样也很空旷，音响的质量很差，能点的歌不多，沙发看着有些陈旧。我环顾这包间的摆设，又看看安家宁和董小满，总有种不协调的感觉。

她们坐到沙发的右边，我坐在稍左一边的位置，替她们开酒。

刚开完酒，董小满就抢过酒瓶倒酒，跟安家宁说："今天你想喝多少我都陪你。"

安家宁终于露出了一个笑容，接过酒杯，只喝了一口就咳嗽起来。但她没有停下来，而是把杯里的酒一饮而尽。我担忧地看着她，她似乎也察觉到了我的表情，说："别担心，我就是想试试这酒到底有什么好喝的，有时候真的搞不懂你们男孩子怎么这么爱喝。"

　　接着就像她说的一样，她没再怎么喝酒，想象中的那种买醉的场面没有出现。安家宁一口气点了很多歌，跟董小满一起唱。不得不说她们唱歌都很好听，唱歌好听的人自有她的魅力，我的视线不由得再次集中在董小满身上，她整个人像是在闪着光。同时我也察觉出安家宁跟董小满的不同，仅从声音来辨别的话，董小满的声音一如既往地有活力，而安家宁的声线则稍显低沉。她们喜欢的歌的风格也有着微妙的区别。

　　点的歌很快就唱完了一轮，我忍不住给她们鼓掌，说："很好听。"

　　"那就好。"安家宁含笑说道，我突然想起来她的笑容好像一直是这样的，在仅有的几次见面中，我从未见她咧嘴大笑过。

　　"怎么着，还继续唱吗？"说话的是董小满，她的语气此时此刻也平静了下来，但我从她的眼神里还是能看到担忧。

　　在安家宁点头后，董小满看向我问道："陈奕洋，你呢？"

　　"我唱歌不好听。"我摆摆手，"而且我常听的歌也不好唱。"

　　"试一试嘛。"董小满说。

　　"就是。"安家宁也这么说。

　　我没有办法拒绝，只好硬着头皮点了一首《突然的自我》，这是我经常听的歌，我自以为可以唱得比别的歌好一些，但遗憾的是，依然唱得五音不全，到最后只能用哼的来结尾。唱完歌我满脸通红，很不好意思地说："抱歉，我唱歌就是这样。"

看到了我的样子，董小满和安家宁同时笑出声来，我也跟她们一起笑了起来。可安家宁不知为何，一直笑个不停，笑到满眼是泪，我知道这笑容与我无关，也与开心的情绪无关，终于她停了下来，董小满说："能笑就好。"

"不好意思，我失态了。"安家宁说。

"没有的事。"我说。

"说真的，接下来你准备怎么办？"董小满看着像是下定决心似的，终于问出了这句话。

安家宁微微一笑，随即收起了笑容，她把头低了下去，随后又抬起头来。她看了看董小满又看了看我，又看向董小满，说："其实以前我就有这种预感了，他有一天会离我很远，我们会天各一方，他向往的是新鲜、是动荡，从不害怕迎接新的生活，我却做不到。"

董小满好像知道安家宁会这么说一样，没有任何讶异的神色。而我则想到了夏诚对我所描述的他们之间的情感状态，不知道是幸运还是不幸，他说的竟然一点不错。

"所以……"我开口道。

"所以我能做的，只是帮他而已，推他一把。然后……"安家宁说到这里停了下来，微张的嘴缓缓闭上，垂了一下眼睑，低下头去看了看自己的手，又抬起头看向我们，"然后祝他前途无量。"

"嗯。"董小满嗟叹一声，然后答道，"我就知道你会这么说，你什么时候能考虑自己呢？"

"相信我，我考虑过。"安家宁说。

"难道你不希望他留下来吗？"我问。

"怎么可能不希望？"安家宁说，"我们从小就认识了，你让我现在回想上次生活里没有夏诚在身边的情形，我都想不起来了。我习惯他在我身边，除了夏诚以外我就没有对别人动过心，也几乎没有跟别的男生相处的经历。你让我现在想象一下他不在我身边的生活，我都觉得难以呼吸。真的。"

"然后你还要帮他？"

"对。"安家宁说，她的声音依然不大，可这个字分明是她今天说出的最有力度的话。

"他那个人不会照顾自己，连饭都不会做，"安家宁接着说，"肯定也不会去了解在国外生活具体需要什么，这种事只有我能够帮他。"

"或许也不会这么糟。"我试着打圆场，"也不是就一定会走向不好的结局，说不定他出了国你们的感情还是能很好呢。"

"你真这么觉得吗？"

我哑口无言，一来没想到她会这么问，二来对自己所说的话也没有底气。安家宁接着说道："夏诚连让我等他的话都不会说，因为在他的价值观里，没有谁真的可以等谁，而且在他看来，等待只是浪费时间，不是这样吗？我们在一起什么都好，可踏踏实实地过小日子不是他能够接受的生活。相信我，没人比我更清楚这一点。"

我只能承认安家宁说的是对的，夏诚的确是这样的人。我想起那天夏诚说他已经做好了迎接新生活的准备，那模样分明是早已准备好迎接没有安家宁的生活了。我还想再说什么，但瞥见了她身旁的董小满，她示意我不要再说什么了。我也只好在内心里暗叹一声，心想连董小满都这么说，我说什么恐怕都改变不了安家宁的想法，也无法真的安慰到安家宁。

"没事的。"安家宁说，"真的没事的，不用担心我。"

她说完这句话，那坚不可摧的沉默再次来临。包间里放着她们所点的那些歌的伴奏，却没有谁再有心思唱歌。我找不到任何一句可以诉诸为语言的话，觉得闷得慌，整个包间看起来是如此狭窄，空气宛若凝块般让我难以呼吸。我借口说要出去抽烟，走出包间，走到练歌房的门外，走了一段路后才找到了一家便利店，回到练歌房门前，蹲在台阶上点了根烟。我之前在喝酒的时候抽过几次，所以还算能抽上几根烟。我看着香烟被点燃，看着嘴里吐出的烟圈，心里五味杂陈。我不由得想，如果是我，又会做出什么样的选择呢？遗憾的是，我所能想到的，竟然是跟安家宁同样的选择。我打开手机，想给夏诚发个短信，但同样找不到合适的话语，我合上手机，又想到了吴梦真，思绪就这么一直旋转不停。

此时天已经蒙蒙亮了，夏天总是天亮得很早，天空是异样的红色，头顶有好几片类似乌云的存在，不时传来鸟叫声，明明是悦耳的声音，听起来却是如此的落寞。

我抽完了一根烟又点了另外一根，抽完后又在原地蹲了很久，直到腿开始麻木起来。我调整好情绪，想再回到包间去，转头看到董小满和安家宁走了出来。

她的眼睛像是蒙着一层薄薄的水汽，不知道是不是在我看不到的时候偷偷湿了眼眶。她看到门外的风景，闭上眼做了个深呼吸，眼神重新有了一丝坚定的感觉。

我们把她送回家，她坐在出租车的前头，眼神一直看着窗外，我不知道她在想什么。我扭头看董小满，她的睫毛上也有一层湿气，或许她也在我不知道的时候偷偷哭过。我不知道她们两个女生后来又说了什么，有些话恐怕只有女孩之间才能说。接着我们一路上什么都没有再说，沉默地送完安家宁回家，又沉默地送董小满回家，我猜想她心里的滋味一定也不好受。

回到家中的时候，已经是早晨五点半，天已经彻底亮了。我把窗帘拉得严严实实，假装还是天黑，我试着把所有的情绪都抛出脑海，可毫无作用。我想到了夏诚，想到了安家宁，想到了董小满，最终又想起了吴梦真。

不管我把窗帘拉得多严实，依然挡不住窗外的光，我看着日历上的日期，心情怎么也无法平复。

开学之后的第三天，我在教室里遇到了夏诚。他看起来没有任何变化，依然跟班里的同学打着招呼，说着话，也跟我打招呼。下课后他坐到我身边，看着像是有话想对我说。

"听安家宁说那天晚上你和董小满陪了她很久。"夏诚说。

"嗯。"我不想多说话，但用余光观察着他的脸庞，看他说这句话时的表情，想试着去探究夏诚的内心世界，看看那里是否有一丝愧疚和痛苦，但遗憾的是，我没有找到任何类似的情绪。他的表情依然平静而冷漠，说话的时候，就像那是发生在一个跟他完全无关的人身上的事。

"怎么说呢，我想应该要谢谢你。"

"没什么好谢的，"我说，"而且重点根本不是我，也不是董小满，是你。"

"我知道。"他说。

"你未来一定会后悔的。"我笃定地说。

"后悔什么？"他问。

"后悔没有对这么好的一个人好一点。"我说，尽量让自己的语气平静。

"或许你说的是对的，"他说，"但我能做什么呢？难道告诉她我会留下吗？告诉她我永远不会变心？"

"这样才对。"我说。

"这是不可能的，这两件事都是不可能发生的，所以我给她自由。如果她喜欢上别人，不用有任何心理负担，反过来也一样。"

这番话让我突然觉得内心被人用力拉扯了一下，这感觉糟透了，一股无名火让我的呼吸急促起来，我当时恨不得甩开夏诚就走，但还是忍住了，我只是沉默地看着他，眼神里藏的东西或许他也知道，所以他说了句抱歉，就跟我告别了。

事后我回想起来这段对话，才明白过来他这句抱歉是因为知道从此以后我们的距离就会因此而疏远，证据是自那以后，我们只是在学校里见了几面。平日里的聚会他再也没有叫过我，我自然也没有再主动联系他。

这个夏天给我带来糟糕印象的不仅仅是这一件事。

就在开学的前几天，姜睿终于出现了，但他显得没有什么精神，整个人竟然消瘦了一些，胡子像是好几天没有剃过，头发也长了许多，走路一副无精打采的样子。他虽然不像夏诚那般在意自己的形象，但这么邋遢也绝非他的性格，而且在我心中他一直是精力充沛的模样。

我想起曾经有一次我跟他说起没有办法坚持健身的事。

"你去过长城吗？"他突然这么问我。

"啊？"

"你会发现每个人去之前都一副兴高采烈的样子，但是真的到长城之后就呈现出了两种状态。有的人依然状态很好，有的人走几步路就怨天尤人，这都是因为身体不够好。因为身体不好，所以爬到一半就累得不行，于是心情也会不好，会不耐烦，所表现的就不是自己最好的样子。恐怕他脑海中所想的只有长城怎么这么长，而不是身边的美景了。本来挺好的一件事，就变成了不好的一件事。"

看着我愣在原地的样子，他继续说道："所以要注意身体，有了好身体才能把自己想做的事做好。"

他一直是一个非常注意休息的人，但现在眼前的他病恹恹的，像是好几个夜晚没有睡觉一样，脸上没有一丝血色，见到我时跟我打招呼，但一句话都没多说。

这让我很担心，我试着跟他说话："发生了什么吗？"

"没什么。"他说话时显得心不在焉，露出了跟安家宁那天夜晚一模一样的笑容，那种只是为了宽慰别人的笑容，"我想回房间先休息了。"

整整一天，他都把自己闷在了房间里。

他的反常让我觉得奇怪，但第二天，一切的谜题就被解开了，这天姜睿依然把自己关在房间里。

大概是下午三点钟，我听到有人敲门，打开门一看，是一张陌生的面孔。来的人是一个中年女子，大概五十岁，她直盯盯地看着我，那眼神让我觉得很不舒服。她什么话都没说就想要直接进来，我警惕地把住门，问道："你是哪位？"

"姜睿呢？"她直接忽略了我的问题。

"您稍等，我帮你叫他。"我冲着屋内喊了一声姜睿。

姜睿走了出来，看到门口来的人之后愣在原地，面露惊讶地说："妈，你怎么来了？"

CHAPTER. ——————— 09

孤　海　航　行

“我不来能行吗？”她说。

我赶忙把阿姨迎到家里，去客厅给她倒了一杯水。姜睿的母亲什么话也没有跟我说，坐下后也不跟姜睿说话，只是环顾着四周，面露厌恶的神色。她看向姜睿时，深陷的眼窝中是一双充满鄙夷的眼睛，那眼神里有类似焦虑的东西，只一眼，就足以让人心神不宁，让人只得回避她的眼神。

姜睿坐在她身旁，几乎不看自己的母亲，只是一个劲儿地低着头。这使我瞥见他把双手手指交叉握得很紧，因为太过用力，微微有些颤抖。

“出息了啊，都自己出来住了。”阿姨开口说道，语气里充满了不屑。

姜睿没有任何回应，我察觉到气氛不对，便找了个借口回到房间里去了。我戴上耳机，随便找了一部电影看，但没过多久我就听到了门外的争吵声。饶是我尽量不去听那些，但还是没有办法不听他们说话的内容，那声音实在是太过大声，盖过了我耳机里的声音。

他们所争吵的内容是关于姜睿未来的事，与其说是争吵，不如说是单方面的批判。他母亲一直在说话，语气十分生气，姜睿几乎没有做任何回应，只是说"妈，别说了"这样的话。姜睿的母亲并不理会他的反应，只是一个劲儿地说着。

"你明白吗？我们辛辛苦苦把你养大，就是指望着你将来可以养活我们。好好的专业不好好念，反倒有一些不切实际的想法。我原本以为你只是年轻气盛，一时的想法，这是什么？"我听到了书被打落在地上的声音，一本接着一本，我能想到这是姜睿平日里看的有关于电影拍摄的书。姜睿此时一言不发，听起来像是站在原地。

"翅膀硬了啊，都不听我和你爸的了。之前我们怎么说的，你好好毕业，好好找工作，踏踏实实地赚钱。别以为我和你爸老了就管不了你了，你这摄影机花了多少钱？你这些书花了多少钱？你去拍电影又能赚多少钱？你以为我们家里的条件是有多好，由得你这么折腾？你脑袋被门挤了？不听话，你不要想别的，你已经大四了，好好毕业，好好赚钱，你懂不懂？我活着也只是想要看到你找个正经工作，我真是白生你这个儿子了！"

最后的这句话让我皱起了眉头，我把耳机的音量开到了最大，那声音使耳朵都刺痛起来，但这也好过听到门外的争吵声。

终于我听到了一声摔门声，门外安静了下来。我摘掉耳机，踌躇着是不是应该出门看看情况。我再三确认姜睿的母亲已经走了之后才推开门，只看到姜睿蹲在地上捡着自己的书。他的动作极为缓慢，脸上是我看不懂的复杂神情。

我也蹲了下来帮他把书捡起来，他用很小的声音对我说："谢谢。"

他略显凄凉地打量了一番书架，那里原本整整齐齐放着的书已经被弄得十分凌乱。在书架下的桌子上还放着一本被撕坏的笔记本，我知道那是他平时做电影笔记的本子。姜睿一声不吭地把书抱回书架前，他走路的样子像是被设定好的机器人一般，没有任何的情感，动作也欠缺连续性。他就像是义务式地收拾好那些书，把它们放回书架重新摆放整齐，又把笔记本被撕掉的那几页纸捡起来，放回本子里。

随后他坐在椅子上，两只手有气无力地交叉着，把嘴埋在手腕的位置，双眼无神地看着那被撕坏的几张纸，像是一时间没有回过神来。我坐到离他不远的沙发上，茫然地看着手机里的新闻。

"对不起。"他终于开口说道，声音毫无力度，接着他强颜欢笑地说，"这事肯定闹得你不舒服了。"

"没有。"我其实也不知道应该说什么，看着他的模样不由得叹出声来。

过了一会儿，他站起身来，走到了厨房开始做饭。我想帮忙，但他身上围绕的气场让我觉得不该去打扰他。在他做饭的时候，我回到房间，戴着耳机看起一本书，尽量让自己沉浸在书里的世界。等到他做完饭，已经是一个半小时之后的事了，我看到餐桌上的饭菜跟以往并没有什么不同，猜测他这次做饭特地做得很慢。

我们隔着餐桌而坐，我试着挑起话题，便说自己最近新发现的一个作者，他是一个日本作家，以猫的视角写了一个关于人类社会的故事，里面有一些奇思妙想相当有趣。我就这些侃侃而谈，尽量不让自己停下来，也尽量就书里的观点向姜睿提问，想方设法地转移他的注意力。他边吃饭边听，也会时不时地作答，但我看得出来他的心思始终在之前发生的事上。我又提起了想看的几部电影，料想他一定会对这些感兴趣，这看似奏效了，他的话开始多了一些。

但我很快意识到他并不是对这些事真的感兴趣，他只是为了让我安心一些，强打精神假装很有兴致。我也不知道应该再说什么了，这让我切实体会到了董小满的心情。

整个屋子再一次安静下来，现在只剩下筷子碰到碗的声响。剩下的时间他就好像在思索着什么，他那毫无焦点的眼眸和一动不动的坐姿让我察觉到这点，吃完饭我们又坐了一会儿，我受不了这该死的沉默，却想不到任何解决的办法，只好试探性地问要不要喝一点儿酒。

"不了。"他说，说完便站起身来收拾碗筷，准备洗碗。

大约三十分钟后，他从厨房走了出来，我正在用投影仪寻找电影，想着叫他一起看。

他原本想回自己的房间，但不知为何又坐到了我身边，问我准备看哪部电影。我实话实说还没有想好，他便从房间里拿来一个 U 盘，播放起了一部美国电影。电影讲述了一个励志故事，一个失魂落魄同时穷困潦倒的业务员，在妻子离开之后无家可归，只能在厕所里度过整晚，但他没有放弃，最终实现梦想的故事。

我没多久就想到这部电影是他放给自己看的。

看完电影后他开口问道："这电影怎么样？"

"很不错，"我说，"很励志，台词也很是经典，我最喜欢那句'如果你有梦想，你就一定要捍卫它'。"

姜睿点点头，说："我以前觉得撑不下去的时候，就一遍遍看这部电影。"

他回到书桌前，把那个笔记本拿了过来，我瞥见那上面密密麻麻写满了笔记。"有胶带吗？"他问我。我回到房间里拿出放在抽屉里的胶带，他把胶带接了过去，把被撕坏的纸张小心翼翼地贴了回去。随后他把本子合上，放回书桌，又从冰箱里拿出了一瓶啤酒和一瓶红茶，把啤酒递给我，自己则喝起了红茶。

"我之前不是说过，这个暑假不回家吗？"姜睿先是闭上眼睛沉思了一会儿，接着开口说道，"我费尽心思找了一个片场打杂的工作，主要这是一个可以真正接近电影拍摄的机会，而且老实说我也不愿意回家。"

他说的我能体会，我认真点了点头。

"但七月末的时候我接到了我妈的电话，她说让我回家看看，我说还要上班，得跟老板商量一下。我妈就问找了一份什么样的工作，她的语气那时候听来还很平常，我放下了警惕心就说了实话，没想到她的语气立刻变成了痛骂，说我又做一些无聊的事，最后她说自己生病了，如果不回来就当没有我这个儿子。"

说到这里他深吸了一口气，说："第二天我就订票回家，结果我妈根本就没有生病，她很好，生龙活虎的。"

回到家的当天晚上，姜睿的父母跟姜睿进行了一次严肃而又紧张的谈话。

首先他告诉我，他父母是同一个公司的职员，跟电影完全不搭边。那天他父亲瞪大了双眼，对姜睿大发雷霆地说："以后不准再找类似的工作，吃力不讨好，你趁早断了这个念头。"那语气近乎于咆哮，在他父亲眼中，这很显然是离经叛道的行为。

"我会好好学习的，好好毕业，也会试着去找工作，这些我都依你们，只是别让我放弃自己的梦想，这不会占用我的其他时间的。"他恳求地说道。

说到这里，我脑海里浮现出了平日姜睿认真的模样，他的确是这么做的。我没有说话，只是默默地喝酒。

但他的父亲只是怒目圆睁，冲着他劈头盖脸地骂道："你是不是要看着我们饿死才行？"

"我不是这个意思。"姜睿说。其实姜睿自从上了大学之后，就已经几乎不向家里要钱了。

那天他们一直谈到很晚，越谈姜睿越觉得烦躁，他丝毫没有让步，他的父母也是。聊到后来，姜睿发现他父母所谈的都是物质，都是现实，虽然口口声声说是为了姜睿考虑，但其实想的都是他们自己。姜睿不由得想起小时候明明是跟着自己的奶奶长大的，他的父亲几乎没怎么来看过他，他的父母在他生命中所占的分量并不大。

这一点跟我一模一样，我深有同感地点了下头。

姜睿继续说到对于父亲的印象只有不停地打骂，那时只要他的成绩稍微退步了一点，或者做了一点不让他顺心的事情，就是不由分说地责骂。父亲口中永远会提到别人家的孩子，说别人成绩又好又孝顺，把姜睿说得一无是处。

他一直以为是自己做得不好，所以拼命学习，不让父母伤心。可即便是他取得了很好的成绩，父亲也从来不会给他笑脸，后来姜睿渐渐长大，才明白过来，他们打他骂他，只是单纯因为心情不好拿他出气而已。

说到这里姜睿止住话头，看了看我，说："我这么说自己父母你肯定会觉得很过分吧，但很可惜，这就是我的成长经历，还有很多细节我依旧能回想得起，只是没什么好说的了。"他的语气里充满着无奈。

"你说的这些我都能明白，我也是在类似的环境里长大的。"我说。

姜睿笑了笑，说："我爸总是拿别人家的儿女给我举例子，每次他这么说的时候我都很生气。我有时候会想，他总是在说别人家的儿女怎么怎么样，有没有想过别人家的父母是怎么做的呢？说实话，我不羡慕别人成绩多好，家境多优越，有多了不起，有多厉害，我羡慕的只是他们的家庭氛围。我的所有努力在我父母看来都是白费力气，这才是最让我难过的事：他们不由分说地把我的人生定了性，武断又独裁地告诉我，我的梦想是不可能实现的。老实说我不知道为什么他们可以这么判定，他们说我任性得很过分。"

我无言地喝完了酒，却依然觉得喉咙干涩。

"可我真的任性吗？"他看向我，问了我这个问题。

"当然没有。"这句话我是发自内心的，并不是安慰他，"你是我见过的人中最努力的，真的。而且我能体会到你是真的发自内心地热爱着电影，能够如此地热爱一样东西，并且愿意付出行动，在我看来是非常了不起的事情。"

"谢谢你。"他说，"这是我最近听到的最好的一段话。"

"而且你也没有把学业落下，争取不辜负任何人。"我接着说。

如果这样的人都没有办法去追寻自己的梦想，才是真正的没有天理。我在心里想着。又想到了夏诚，如果姜睿也拥有夏诚那样的条件就好了，毋宁说，或许姜睿这样的人才更应该拥有那样的条件。这么想或许对不起夏诚，但这实实在在是我内心的想法。可惜这些都不是我们能够左右的事，我突然想起夏诚说过，这个世界就是不公平的。因为想起了这句话，我的心里像是有根刺扎着一样。

"可他们是看不到这一点的。"姜睿继续说道，语气里是藏不住的无可奈何，"无论怎么挣扎，怎么努力，我们都不可能占据上风，永远不可能占理。因为在他们眼里，我们压根儿就没有道理可言。对于站在制高点的人来说，我们越是诚恳地说出自己的想法，就越是让他们愤怒而已。你知道我为什么喜欢做饭吗？"

我不知道他为什么突然问这个问题，摇了摇头。

"因为做饭是可控的一件事情，多加了一勺盐或者少加了一勺盐，你可以立刻从味道中得到判断，可以反复地修正，总有一天可以做出自己喜欢的口味。"

"嗯。"

"所以我尽量把所有的事情都把握在可控的范围内，这也是我一直以来在做的事，可怎么也没有办法控制自己的出生环境。要捍卫梦想，比想象的更难。对了，之前说到哪儿了？"

"说到任性。"

"啊对，"姜睿说，"我知道我们谁也说服不了对方，就想着赶紧回来，可他们不放我走。这往后也没有什么好说的了，只要一说话就是争吵。就这么过了快两个星期吧，八月中旬我借口说学校有事，大四会很忙，并且保证说回来就好好学习，再也不想电影的事，才终于回来了。"

"那你这几天都在哪儿？"我问道，"短信也不回，像是消失了一样。"

"在片场。"姜睿掂量着接下来要说的话，说，"我花了很多心思才重新找回了这份工作，还好工作人员也很好说话，加上我也不要钱。在片场待了好几天，也算是跟几个人混熟了，他们对我产生了强烈的冲击。冲击我的是那种热情：他们宁可牺牲掉所有时间也要努力把东西做好，这让我觉得自己的选择是没有错的。"

"这不是很好吗？"我说，原本以为他之前的失魂落魄是因为家人的打击，但现在听起来好像不完全是这样，于是我又开口问道，"后来又发生了什么吗？"

他舔了舔嘴唇，说："也没什么，我前几天找了个机会把自己试拍的录像带给一个摄影师看了，那是我反复琢磨过的。"

"那他怎么说？"

"还不错，他是这么说的。"姜睿说，说到这里他的眼神暗淡了下来，"接着我问他未来我是不是可以拍一部电影，他沉吟了一下，说我拍的东西以业余水准来说还不错，但我觉得他的话还没有说完，就让他说下去，我没关系的……"

我想接下来姜睿大概听到了不好的话，但还是问道："说了什么？"

"说看不到任何的特色，能拍出这样东西的人多的是，他是这么说的。"

"这句话也太过分了！"我情绪激动地说。

姜睿笑了笑说："是我逼他说的。其实我内心也早有这样的想法。我欠缺那种决定性的才能，这注定我会陷入'瓶颈'。如果我是天才就好了。"

我听他一口气说了这么多，心里有些难受。我想起刚跟他住在一起时，他跟我第一次说起自己的梦想，那时他眼里的光芒让我无比羡慕，跟现在的姜睿判若两人。

这就是所谓的现实吗？

像是看穿了我在想什么似的，姜睿问我："还记得我第一次跟你提起电影这话题的时候吗？"

"记得。"我说。

"我那时说看着自己一步步地向梦想靠近是一件让人开心的事，这句话记得吗？"

"嗯。"

他再次深吸了一口气，苦笑了一下说："但从另外一个角度来说，努力了却发现自己还在原地踏步这感觉也同样让人觉得痛苦啊。有时候就是这样，越是努力爬到山顶，就越是能发现自己离山顶的距离有多远。"

我忘了那天晚上剩下的时间我们还聊了些什么，我大概说了很多安慰他的话，我想到了刚才看的电影，想到了读过的书里的所有句子，尽我所能地让他再鼓起勇气。说这些时我产生了一种微妙的错位感，在过去的半年里，都是姜睿和董小满在鼓励我，我从未想过有一天会换成我来鼓励他们。我也从未想过能看到姜睿失魂落魄的样子，我以为他会按照自己的步调一直努力下去，什么也打不垮他，他在我心目中就是这样的一个人。

我原本以为他是永远不会崩溃的那个，可他此刻的话语中已经没有了以往的自信。

指针指向十一点的时候，他拿起了自己的本子，对我说："困了，还得早起，早点休息吧。"

我躺在床上，又回忆起跟姜睿之前的一段对话。

那天，我们同样看完了一部高分经典电影（跟他做室友的日子里我们看了许多电影），看完他激动地跟我说："这就是我想拍的电影。所有的镜头都有意义，所有的台词都不累赘的电影，从最开始的第一幕，就可以让观众沉浸在电影世界里的电影。对了，你知道契诃夫吗？"

"嗯，以前读过他的书。"

"嗯，他不仅仅是个小说家，还是一个戏剧家。他以前提过一个理念：如果在第一幕里边出现一把枪的话，那么在第三幕枪一定要响。你看最近的很多院线电影，我总觉得很多镜头没有表达出应有的语言，逻辑上也说不通，台词有的时候前言不搭后语，就好像是为了那个台词的出现才设置了一个场景，所以观众总会觉得出戏。"

我认真地点头。

"所有人物的情感应该都基于逻辑，而能体现逻辑的就是一部电影前一半所呈现的细节。如果没有这些细节，就构不成这个人物。如果细节多余，就会让整部电影支离破碎。"

说着他看了我一眼，我感受到他眼里的热情："所以我要拍的就是从头到尾没有一句废话的电影。"

"听起来是一个很高的标准。"

"所以不光要学习拍摄手法，还要学习写剧本，黑泽明说过，只有通过写剧本，你才能知悉电影结构上的细节和电影的本质。"

他说，"好电影的每一分钟都能学到东西，不知道我什么时候能拍出这样的电影呢。"他眼神里闪烁着某种纯粹到让人感动的热情。

我心里闷得慌，怎么也没能睡着。手机显示十二点半的时候，我觉得口渴，走到厨房给自己倒水，看到姜睿房间里的灯还亮着。

我希望老天不要这么对待一个努力的人，不要让一个人接触到梦想，却不让他拥有相匹配的才能。如果可以，请保佑我这个好朋友闯过难关。

那天之后，姜睿在家的时间就更少了，我们虽然还会有简短的谈话，但他总是在想着一些别的事情。他彻底抹去了自己的休息时间，不是在认真地记笔记，就是在认真地写剧本。我在学校里也没有再遇到他，倒是还能在书店见到他，但他变得更严肃了，除了还会跟我打招呼说上几句话以外，几乎不与任何人交流。

他睡觉的时间越来越晚，我常常在深夜里都听到飞快的打字声。有几次我看到他抓着自己的头发、皱着眉头，一脸痛苦地看着电脑，又气恼地把电脑里写好的剧本删除。伴随着他自己的叹息声，他敲击键盘的声音让我觉得很心疼。

他整个人看起来有种焦躁的气息，往日里沉稳的感觉彻底消失不见，唯一让我觉得他还像原来的姜睿的时候，只有他做饭的时候。

与此同时，时间也好似丧失了真实感。

时间成了一种断断续续的存在，有时候一天是四十八个小时，有时候一天是八个小时，这给我带来了一种紧迫感，尤其是在学校里看到新生的时候。他们的出现让我意识到，时间过得远比我想象的快。我一直以为自己还是年轻的那个，可更年轻的已经出现在我们的生活里了。我不知道这是不是让姜睿焦躁不安的原因之一。

就在九月即将结束的时候，我去书店打工，却没有像往常一样看到姜睿。过了半个小时，姜睿依然没有出现，也没有他请假的消息，当然没有太多人在意这件事，可在我看来这太过于反常。我担忧地给他打了电话，他说自己在家，没什么事，可他的嗓音分明沙哑得厉害，不时传来一阵咳嗽声，我没有心思再待在书店，跟老板请了假，也没顾上他的脸色，匆匆地回到家中。

回到家后，我敲响了他的房门，但没有任何回应。

"姜睿，你没事吧？"我叫道。

房间里终于传出了一丝声响，我打开了房门，他正躺在床上，盖了两层被子，脸色惨白到让我一眼就看出来他发烧了。

"我没事。"他的声音听着比电话里更加沙哑。

"吃药了吗？要不然我们去医院。"我摸了摸他的额头，烫得厉害，赶紧跑回房间从小药箱里找出温度计。38.5℃。可姜睿怎么也不肯去医院，说是去医院浪费钱又浪费时间。他挣扎着想坐起来，告诉我他还有很多事情没做完，我好不容易才把他劝下。给他烧了壶热水，找到感冒药让他吃了下去，叮嘱他睡一觉，如果有什么事就找我，我就在客厅里。

第二天他稍微好转了一些，就立刻坐在书桌前开始做笔记了。

我不知道该怎么劝他好好休息，他看着还是很虚弱，可那认真的样子让我动容。我犹豫再三，还是开口劝道："你这样会好得很慢的。"

"可是我现在没时间生病了。"他答道。

"为什么要这么拼命呢？"我意识到自己的语气里也是无奈。

"没有办法啊，陈奕洋，没有办法。"他只是这么回答。

前前后后将近一个星期，他才算彻底好了起来。

可是他整个人就像变了一个模样，睡得越来越晚，睡眠时间越来越少。我们两个人的生活习惯好像整体颠倒了，明明他是那个让我找回正常生活节奏的人，可眼下的他越来越消瘦，双眼里再也没有之前的光芒，只剩下红血丝。我知道他为什么这么拼命，却什么也帮不到他，他生命中的大雨正倾盆而下，我连伞都没有办法给他撑。在我最糟糕的时候，他帮助了我，可我又能为这位朋友做什么呢？这种无力感深深地包裹了我。

我想给董小满发信息，又想到她现在跟我是同样的境地，总觉得不该去打扰她。

十月的一天夜晚，姜睿告诉我他准备辞去书店的工作。

"我已经没有办法兼顾书店的工作了。"他说，"时间不站在我这里，我已经大四了。"

"可……"我斟酌着想要说的话。

他抬起一只手，让我不用说什么。接着他告诉我他正在写一个剧本，也想方设法地找到了一个电影工作室。"我没有退路，只好放手一搏。"他说。

这句话让我心里五味杂陈，在我想着应该说些什么的时候，他已经回到书桌前苦思冥想了。这情形让我决定出门走走，一路走过好几个小区，又走到一座天桥边，在便利店门口遇到了一个拖着箱子的女孩。十月的北京昼夜温差很大，我穿着一件T恤加外套都觉得有些冷，可女孩连外套都没有穿。她正打着电话，应该是打给自己的父亲的，她说："你说的我都理解，我也赞同，可我不想回家，我想再努力看看。我知道我现在赚不了什么钱，但我可以打工，一边打工一边唱歌。您别再骂了，能不能好好听我说……"她说最后一句话的时候声音里带着哭腔。

你说的我都理解，可我想再努力看看，背水一战。这大概也是姜睿的心情写照。

我给自己买了瓶水，又买了一包纸巾，想着一会儿递给女孩这包纸巾。但只是转眼的工夫，那女孩已经拖着箱子走到了路口，我看着她停了下来抬头看了一眼天空，又把头低了下来，接着便拖着行李向路的另一头走去了。我在便利店门口抽了根烟，看了一会儿她的背影，在她消失在我的视线之后，便转身向另外一个方向走去。

我突然想到在学校门口看到的那群鸭子，那时我觉得这世上人人都有地方可去，他们的目的是如此明确，他们的脚步是那么轻快，现在我觉得自己或许想错了。我想到了姜睿，想到了安家宁，脑海里产生了一个念头：即使有想去的地方，也不一定就能够顺利地到达那里。这世上的很多人，或许都有着自己的烦恼，只不过不为人知而已。

可这么想并没有让我觉得轻松，也没有一丝安慰感，我茫然地沿着路一直往前走，内心只觉得荒凉。我走到一个路口，也抬起头向天空看去，以为能看到一颗星星，但遗憾的是今天的空气不好，或许星星都迷路了，我什么都看不到。

两三个星期过去了，姜睿的状态没有任何起色。我能明显地感受到他的痛苦和无奈，他那敲击键盘的声音越来越大，脸上苦恼的神情出现得也越来越频繁。作为他的朋友，我却依然不知道应该做些什么，这是最近一直萦绕在我心头的问题：我到底可以为这个朋友做什么呢？他教会了我很多关于生活的道理，为什么他遭遇困境的时候，我却什么都做不到呢？

我不得不想到或许我就是这么一个人，承蒙了别人的照顾，却什么也给不了别人。梦真或许也是这样吧，我真的带给梦真什么了吗？或许什么都没有。我口口声声地说着我们的未来，可归根结底那只是我想要的生活而已。

仅此而已，或许她比我更敏锐地意识到了这点，才悄无声息地离开了我的生活。

就在这天晚上，姜睿突然告诉我他决定要搬走了。

我愣在原地。搬走？

他很愧疚的样子，说："真的对不起，当初让你搬过来的是我，现在我却要搬走。"

我只是沉默地看着他，其实是压根儿不知道该怎么表达自己的心情，但我的沉默在姜睿眼里变成了另外的意思，让他陷入了两难。他一副欲言又止的模样，脸上愧疚的神情更深了。

"因为我现在没有收入来源，实在是没有办法再住下去了。你也知道我辞了书店的工作，家教也没时间做了，我也不可能问家人要钱……"他说到这里说不下去了，我看得出来他说这些话的时候自己也很为难。

接着他再三向我道歉，又说："我还有一点积蓄，应该还能继续付一两个月的房租，这期间我也会想办法帮你找室友的，等你找到室友了我再走。"

"不用道歉，这也是没办法的事。"我说，"站在你的立场，你没做错什么。"

他诧异地看着我，我笑着说："这是你之前对我说的话，所以你也别太愧疚了，真的。"

但即便如此，他还是一个劲儿地跟我道歉，仿佛怎么道歉都不足够表达他的歉意，我只好岔开话题说："真的没事的，你准备搬去哪儿？"

"我找了一个单居室，很便宜。"他说，"离这儿不远，以后我们还是可以经常聚的。"

我脑海里回想起当时找房子看到的几个单居室，我之所以没有选择住在大学城附近的单居室里，是因为当时看的几个单居室实在太狭小，生活极其不方便。

"那个地方还不错，放心。"他看到我皱起眉头的模样，猜到了我在想什么。

"有厨房吗？"我问道。

"有的。"他比了个 OK 的手势。

"对了，房租的事你不用担心。"我说。

"可是……"他还想再说些什么。

"放心，我平时攒下的钱够用了。"我撒了一个谎，用不容辩驳的语气和表情说，"而且你应该也挺着急的吧？不用等我找到室友。你也别再说了。"

他这才把要说的话吞了回去。

一个星期后他搬走，那天是周日，他收拾出了两个大箱子，其中一个箱子里装满了书。

"厨具确定不带走吗？"我问道。

"没事，那里放不下这么多的厨具，而且搬起来磕磕碰碰的也很麻烦，留给你好了，你不是也学了几个菜吗？"

"那好吧。"我说，"你等我一会儿，我打电话给书店请个假。"

"不用，"他笑着说，"我叫了辆车，到时候把箱子搬到车上就行了，你就安心好好工作。"

"我帮你搬到家里再去上班好了，也不费什么时间。"我说。

"真不用，"他说，"你也知道我这个人不想麻烦别人，别让我心里更过意不去了。"

我只好帮他把行李搬下楼，我们住在六楼，两个人搬完箱子竟然气喘吁吁。我想起了夏诚家，想到如果有部该死的电梯就好了。

到了楼下他说："车一会儿才到，你先去书店吧。"

我从包里掏出一本书，是那本我在书店随手翻的橙色封面的书，书里有一张明信片，明信片上是这么写的："如果可以，我愿意把我的好运气都给你。"这句话代表了我的心声，如果我身上还有一丝好运气，我愿意把所有运气给这个很重要的朋友。

"你一定可以实现自己的梦想，我想不到除此以外的第二种可能性。"走之前我跟他这么说道，"回见。"

"回见。"他会心一笑。

晚上回到家中，我发觉原来拥挤的屋子此刻显得空阔了许多，这让我真切地感受到姜睿对我的意义。他是真正意义上能够与我经常说话的人，和他聊的许多话题都让我受益匪浅，他的生活方式让我敬佩，他的认真也感染了我。假如没有姜睿的出现，毫无疑问我会继续沉沦下去，那么我就不可能如此安稳地度过我的十九岁。我现在能够明确地感受到之前度过的那些日夜喝酒正事不做连课都不去上的日子，这毫无疑问只是在迷路的森林里原地打转。当然，还有一部分功劳要留给董小满。

想到这里，我不由想起已经许久没有和董小满见面了。

不知道现在的她在做什么。

我翻了翻手机，上次聊天的信息还是两个星期前。她给我发了一张照片，照片里是一只可爱的小猫和她的合照，我说起自己前阵子也在小区看到了一只流浪猫，接着我们又说了几句话。在这之后我们就再也没有说过话。这是为什么呢？我百思不得其解，我把我们发过的信息仔仔细细地看了一遍，还是没有找到原因。

或许我又在不自觉的情况下把一切都搞砸了吧，这简直是我的专属"才能"。当然这缺乏任何的根据，可这种想法在脑海里挥之不去，我拿着手机想要给她发信息，打了一行字，想了很久还是删除了。或许孤身一人就是刻在我脑门上的词汇，这也是我的专属"才能"。

放下手机后，我走到厨房，准备给自己做一点东西吃。打开冰箱才发现，里面放满了食材，我之前问姜睿讨要过一份菜谱，他也很认真地教我，那天是我第一次做饭，不出意外地炒糊了所有的菜，就连番茄炒蛋都难以下咽。想到这里我笑了起来，打开冰箱旁的柜子，把炒锅从柜子里拿出来，拿起锅的时候发现了一个小本子，本子里是他用手写的菜谱，步骤写得十分清楚。

我按照菜谱给自己做了两个菜，虽说算不上色香味俱全，但竟然可以吃了。我给姜睿发去短信，他回复道："可以啊兄弟。"

"哈哈哈哈。"我这么回复道，一种自豪感油然而生。又发了一句："新家怎么样？"

"放心，很好。"他答道。

这一瞬间我感觉他一定可以渡过难关的，没有理由不如此。我相信他现在所忍受的煎熬和痛苦都会随着时间流逝而远去，他的梦想就在前方向他招手，眼下的挫折只是生活的一道坎而已，他能够跨越过去。他能够做出很棒的电影，让他的父母也不得不认同他。总有一天他会过上自己想过的生活，这一切都会发生在不远的未来，他值得如此。

　　这天的我还没有预料到，命运有的时候可以对一个人极其残忍，我们最初所希望的和我们最终所得到的，通常都不是一个东西。

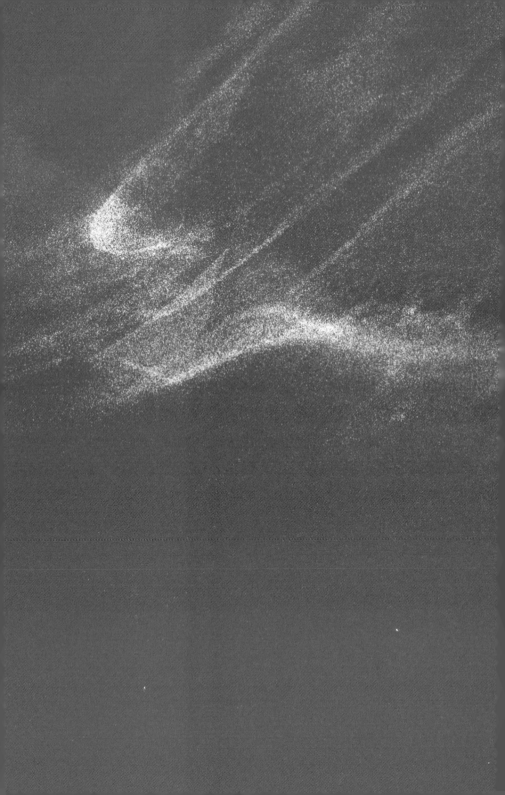

CHAPTER. —————— 10

坠　　入　　泥　　沼

2009 年 11 月，于我而言实在算不上美好。

　　这期间姜睿不知为何，跟我彻底失去了联系。虽说之前他也有消失过一段时间，但这次我却有一种强烈的糟糕预感。我只能告诉自己或许他正在忙自己的事，但一连几个星期没有收到他的信息，让我的这种预感更加强烈。他一次也没有再出现在书店里，在学校里自然也没有看到他。我想起来我们这个专业，到了大四都会去公司里实习。与此同时，董小满依然没有给我发来信息，手机里唯一的信息是奶奶每个月例行的"好好照顾身体"，我回复道"好"。
　　我很快就回到了之前的生活，一个人默默地上课，一个人默默地吃饭，一个人默默地回家。时间的断续感越发严重，我常常发呆，一发呆就是几个小时，睡眠又变得毫无规律，有时累得刚过九点就能睡着，有时又能睁眼看到天亮。

这是真真正正的独居生活，以前我想逃离家，后来我想逃离宿舍，独居应该是我梦寐以求的事，我原本就想过自由自在的人生。可在姜睿离开之后，我猛然发觉，一个人生活并不是一件很简单的事。

自来水会停水，暖气片也莫名地有故障。即使我每天都会拖地，但清早醒来，家里总有说不清是从哪里而来的灰尘。信誓旦旦地说要每天做饭，也不过坚持了一个星期，因为洗碗这件事实在让我头疼。同样让我无法理解的，是姜睿所说的"菜市场的乐趣"，兴许我买菜的地方并不是一个真正意义上的菜市场，而是一个大型超市。

我几乎每三天时间就要整理一次家，整理的时候我总是皱着眉头，我压根儿就想象不到是怎么在如此短暂的时间内把家里弄得这么乱的。

这些琐碎事填满了我的生活，我想着什么时候一定要去看姜睿一趟，跟他说说话。可又有些犹豫，不知道自己是不是应该去打扰他。

没有想到最先出现在我面前跟我说话的，竟然是已经消失了一个多月的夏诚。

那天我一如往常走在去学校的路上，在校门口与夏诚迎面相遇。他正打着电话，墨镜架在头顶，我想着还是应该跟他打个招呼，便向他微笑示意。他露出了标志性的笑容，挂了电话对我说道："后天是我生日，来吗？"

我含糊地点头回应，实际上内心的想法模棱两可。一方面我受不了他的冷漠和尖锐；另一方面我又的确太久没有跟夏诚联络了，加之又是他的生日，或许还是应该去一趟。

夏诚没等我再说什么，便说："老地方，九点半，到时候见。"

"好。"我刚说完这句话，他就又拿起手机打电话了。

等他走后，我才想到他的生日上或许还能见到董小满，说实话，我真的很想见到她。我想知道是出于什么原因使我俩之间逐渐疏远，我也深知如果真的见到了董小满，也不见得会把内心的疑问说出口。无论如何，先见面再说，我这么想到，而且我也想知道安家宁现在到底怎么样了。

但我没有见到董小满，从某种意义上来说，也没有见到安家宁。

没有见到一年前见过的那个安家宁。

那天晚上所在的人，几乎没有一个熟悉的脸孔。之前跟夏诚喝酒时认识的人，竟然一个都没有到。或许夏诚没有叫上他们，或许他的朋友在这一年中又换了一批，其中的原因我不得而知，也不感兴趣。我环顾一圈，看着包间里坐着的人，没有从中找到董小满的身影，这让我感到无比失落。

安家宁的整体印象跟上次见面比起来，好像没有什么变化。她依然是热情招呼大家的那个，看到我她略有一些惊讶，但很快那惊讶就消失无踪，她开朗地给我一个笑容，只是那眼神中有一丝荫翳一闪而过，尽管是一闪而过的荫翳，却伴随着深厚的悲哀。我不可能不注意到这点。她带我坐下，跟我说了一会儿话。

"董小满呢？"我开口问道。

她给了我一个尴尬的笑容，说："她说自己不想看到夏诚就没有来……"

我不知作何反应，只好岔开话题聊了一些别的事，接着安家宁起身走到了夏诚身边，跟着夏诚一起有说有笑地招待别人去了。我看了他们一会儿，他们站在一起的感觉还是跟去年我见到他们时一样，至少从表面看起来依然是那么登对又恩爱，但他们明显不如去年亲密，两个人更像是为了尽某种义务而站在一起，两人之间保持着细微的安全距离。如果我不知道夏诚即将离开安家宁，或许我也不会看到这一丝藏起来的不协调。

我望向点歌屏幕的后方，还是有那么一张照片墙，乍一看跟去年所看到的没有什么区别。我忽而看到了照片墙中多了几张照片，依旧是他们的合照，还有一张是去年生日时我们所拍的大合影，安家宁的一边是夏诚，另一边是董小满，合影的角落里是已经喝多的我。我已经忘了这张照片是什么时候拍下的了。照片里的每个人看起来都笑得很开心，我突然间有些恍惚，等到明年夏诚再次生日的时候，照片里的人或许一个都不会在他身边出现了。但我知道这对于他来说实在算不上什么问题，他这样的人到哪儿都可以找到新朋友。只是安家宁又会是一个什么模样呢，她和夏诚的合照还会再次出现吗？她会继续等他吗？

只有夏诚还一如往常，我坐了一会儿，他端着酒杯走到我身旁。

"生日快乐。"我说。

"谢谢。"他爽朗地笑着，接着喊来了安家宁，让她在他身边坐下。

"来，就当是散伙酒，我们三个一起再喝一杯。"他说，"散伙酒"三个字格外刺耳。我敏感地觉得他这三个字不仅仅是说给我听的。

该怎么回应呢？我自然是想不到任何合适的话语，只好把酒杯里的酒一饮而尽。喝完后我发觉安家宁也把酒杯里的酒喝完了，接着又给自己倒了一杯酒，对我说："我们一起祝他前途无量。"还没等我说话，她就又把酒喝完了，我只好再次把酒喝完，对安家宁说："少喝一点。"

"这有什么关系，"安家宁冲夏诚微微一笑，又看回我，"今天是特殊的日子嘛，得喝得开心是不是？"

"这样才对。"说话的是夏诚，说完拍了拍我的肩膀，"今天晚上咱们得开心起来。"

我看着他俩的模样，知道他们话里有话，更加坐立不安。

就在这时包间的门开了，走进来一个熟面孔，我们之前见过。他拎着一个蛋糕，对夏诚说："这是最后一次我们一起过生日，哥们儿给你准备了一个最大的蛋糕。"夏诚立刻站起来冲他的朋友说话，又走回来拿起了自己的酒杯，安家宁在座位上犹豫了一下，尽管不易察觉，但那表情里写的分明是"难过"两个字，随即她收起自己的情绪，含着笑容看了我一眼，便也拿起酒杯跑到夏诚边上去一起跟那人说起话来。

包间里放着歌，不知道是谁（或许是夏诚自己）点了许多舞曲，照平时我会跟着一起嗨起来，可今天这声音听起来简直震耳欲聋。我没有喝酒的兴致，也没有认识的人，只是默默地坐在角落的位置上。夏诚这次也没有再叫我多喝酒，他跟安家宁坐在了中间的位置，似乎是在一起玩什么游戏。

奇怪的是，上次安家宁完全没有参加我们的游戏，看样子是为了时刻保持着清醒，但今天偏偏数她兴致最高，一会儿坐着一会儿站着，一会儿又叫起其他的人一起参与游戏，唯独只有我摆了摆手说今天不想玩。很快他们游戏玩了好几轮，也喝了好几杯，安家宁一直在热情地鼓掌。轮到她自己喝的时候，不知道是谁把她的酒杯拿了下来，我还以为是劝安家宁不要再喝，哪知道是为了换一个大点的酒杯。那人不由分说地倒起了酒，只见安家宁一直在说话，那模样并不是想让他们不要再倒酒了，而是相反的意思。当她举起满杯的酒开始喝的时候，周围的人都一副看热闹的模样拍起了手，我瞥见坐在她身旁的夏诚，他没有任何的表情，既没有跟着笑，也没有劝阻。

我受不了此刻出现在眼前的情景，再也不想等到十二点，拿起酒杯走到他们中间，对夏诚说："生日快乐，喝完这杯酒我就先走了。"

他站起来说："这怎么行？今天是我生日。"

"身体不舒服。"我找了个借口。

"不行。"夏诚说，身边的人也纷纷插嘴说"别这么扫兴嘛"之类的话。

我再三推托，夏诚却不管不顾，说："你把这瓶酒喝完再走。"

我看到他手里端着的是一瓶几乎没怎么动过的高级洋酒，那瞬间我愣在原地，看到夏诚的脸上露出了值得玩味的笑容。其他人自然也是一副看热闹的表情，这表情我见过多次，实在是很好辨认。

"够了！"说话的是安家宁，她的声音很大，把除了夏诚以外的所有人都吓了一跳，"人家要走就让他走，你留他干什么？"安家宁怒喊道，她情绪竟是如此激动，这让我大感意外。

夏诚看了安家宁一眼，我不知道他内心想的是什么，只见他站了起来给我和他自己倒了杯酒，冲着所有人说道："那行，怎么着也把这杯酒喝完再走吧。"

坐在一边的人又拍手叫好，我心想，这句话有什么好鼓掌的？是不是只要有人喝酒就要起哄？这情形让我更加烦闷起来。我几乎是以最快的速度喝完了那杯酒，嗓子火辣得让我干咳了一声，接着擦了擦嘴转身就走。

安家宁站起身来送我下楼，夏诚犹豫了一下，也跟着一起下楼。

她已经喝到满脸通红，但还是保持着应有的仪态。夏诚想叫司机送我回去，我说："不用，我可以打车，这点小事我自己能搞定。"

他也没有再坚持。

送到楼下时他伸出右手，对我说："不管怎么说，我希望我们以后还能再见面。"

"好。"我也伸出右手跟他握手告别，安家宁的表情没有太多异样，只是站在我俩边上，一动也不动，用看着远方似的眼神看着夏诚，什么都没有说。当夏诚回头看她的时候，她立刻摆出了一脸笑容，但那笑容也转瞬即逝，实在缺乏力度。我在上车的时候回头看了他们一眼，夏诚抽起了烟，不知道在说些什么，安家宁站在他的身后，我看不清她此刻的神情。

这几个小时，她的表现都给了我一种感觉：她是在极端难受的场合，拼命做出一脸幸福的样子。也是因为这样，她此时此刻的模样有种想让我流泪的悲哀。

这是我最后一次见到夏诚。

在回家的路上我看向车外，树叶早已经掉落一地，只剩下干巴巴的树枝。街边虽说依然人来人往，但还是给我一种萧瑟的感觉。

再次得知他的消息，是十年后的今天，我在网上看到了有关于他的一则新闻。他毫无疑问地成为成功人士，那条新闻是关于他的绯闻，看到新闻后我迅速地关掉了网页。我们没有再见面，也没有再联系，仅此而已。

就在这个月底的一天夜里，我接到了父亲的电话。

我怎么也没有想到会在电话里听到最糟糕的消息，就连一向强硬的父亲在电话里的声音都听起来很颤抖："你奶奶走了，回来一趟吧。"

奶奶的身体不好，我是知道的，可一切发生的竟是如此突然。

至于是怎么回到的家，怎么见到的母亲和父亲，我完全没有记忆。这一路上时间静止在原地，而我早就是一个躯壳而已。只记得父亲的表情僵硬得如同雕塑，眼神里是无穷无尽的悲伤，母亲则是两眼通红，整个人像是突然间苍老了一般。

葬礼那天阴雨连绵，雾气弥漫。人们口中所说的话，那请来的所谓的神婆鬼哭狼嚎，那唢呐声在小镇回荡，在我听来所有的一切都太过刺耳。有人说了一句这也算是喜丧了，他的语气充满着悲伤，可在我听来，这分明是一句不痛不痒的话。我心头的火蹿到了脑门，简直想要揪住这个人的衣领。喜丧？什么喜丧？你告诉我哪来的喜？可到底还是没有揪住这人的衣领，这不是懦弱，而是在下一秒钟人群就开始动了，我被推到了前头。

到了殡仪馆，他们说要把奶奶火化，让我去看最后一眼。当我看到奶奶的面容时，刹那间失去了呼吸，双腿一软差点儿瘫倒在地。下一秒钟，我便陷入了无穷无尽的恐惧之中，这种恐惧深入骨髓，让我浑身发冷，根本止不住自己的颤抖。

原本我与所谓的死亡面前有一堵墙，这堵墙与我之间存在着时间的距离。我还以为那是离我很遥远的事，死亡在大海看不到尽头的另外一边。可它突然到了我的面前，关于奶奶的所有过往，此时此刻正被大火燃烧着。

回家的路上，地面变得凹凸不平，我每走一步路都要摇摇晃晃。我把自己关进房间，翻箱倒柜地想要找到那个 MP4，才想起那早就被我父亲不知道扔到了哪里。最终我颓然地坐在地上，软弱无力，任由眼前的世界支离破碎，旋转不停。

我觉得自己彻底无处容身，奶奶原是我在家乡唯一的安慰，可现在这层联系已经彻底断开了，连接着我和故乡的线已经断开了。直到很久以后我才明白，我对那些人的所有痛恨，都是在痛恨自己，痛恨我把所有时间都用来自怜自艾、用来和父母斗争，痛恨自己为什么没有多回来看看她，痛恨这该死的生老病死，痛恨它把最爱我的、我最爱的人带到了一个我无法寻到的地方。

不知为何我走出了家。

眼前是路灯和湿漉漉的马路，街道上没有一个人，我看着路灯下自己的影子，看到的都是跟奶奶一起走过的影子。我望向前方，分明那就是曾经的我，伏在奶奶背上时的身影。

为什么那时候看到的路灯，跟现在看到的路灯完全不一样呢？

我想起在小时候我难过的时候，她就把我放到自己的腿上，跟我说故事，我就看着天，想象着那一片丛林，想象着丛林里的小动物，想象着故事里的世界，想象着故事里灿烂的日出。她那饱经沧桑的双手，轻轻地摸着我的头，这些都在我的眼前。

可眨眼间就什么都没有了。

什么都没有了。

我忍不住想要呐喊，可刚张开嘴眼泪又止不住地流下来。我什么都想不清楚，拿出手机又看到了奶奶发来的信息，她是怎么学会打字的？我为什么之前都没有注意到这些呢？是不是非要等一个人彻底离开了，才能明白她有多重要？

最终我鬼使神差地给董小满打了电话。

"怎么了？"她在电话里问道，在电话另一头还听到了安家宁的声音。

我左手拿着手机，手依然在颤抖，自己的声音也一同在颤抖，想说话却只能发出类似咳嗽的哽咽声。

"你在哪儿？发生了什么？"她的声音再次传来，当感受到她声音里的关切时，我立刻挂掉了电话，因为害怕下一秒就是放声大哭。

没过多久，她又打来电话，我还是没有说出一句话。她也没说话，跟我一同保持沉默，我能感觉到她走进了一个封闭的空间，事后才知道她那时在安家宁家，怕周围声音太杂，蹲在了楼道里。

我自己都不知道过了多久，小满却没有任何不耐烦的情绪，我听得到她的呼吸声，这声音让我稍稍平复了一些。仅仅是她呼吸的声音，就能稳定住我的情绪。

终于我开口说："我奶奶走了。"

她良久没有开口，但我听出来她呼吸声的改变，那感觉像是跟我一同失去了呼吸，我们彼此都一动不动地在黑夜里等着对方要说的话。

"还好吗？"她问，在我听来这是我近来听到的最温柔的声音。可没有办法给出回应，我已经快要被融化在黑夜里了。

"我知道你或许不想说话，那我说着你听，好吗？"她说。

我"嗯"了一声，这是我费尽力气才给出的回应。

"我知道这种悲哀很难被安慰到，我知道，"小满说，声音里是我从未听过的柔软，"这只能你自己去面对，慢慢地缓过神来，生老病死一旦降临到我们身上，就像是一个屏障被打破了，飞驰的列车粉碎了那层屏障。可我们必须长出与之相匹配的坚强才行，你在听吗？"

"在的。"我埋着头，看着路灯下缩成一团的影子。

"我以前觉得死去的人会变成一颗星星，那只是人们为了安慰别人才编造出来的故事。"她说，"是啊，人怎么可能变成星星呢，人死去只是消失了而已，变成了灰，这么大的一个人，最后怎么就装在了那么小的一个盒子里呢？"

"可是如果不是这样，我们就很难再继续前行了。我本来也觉得这不过是一个心理安慰而已，可后来才发现，即使他们没有真的变成天上的星星，至少还能留在我们的心里。我不会让你不要悲伤，不要难过，但我想一定是被爱过，所以你才会这么难过伤心。可正是因为被爱过，才要带着这份爱继续去面对，否则他们所做的一切都会随之失去意义。"她说。

"你不能让你所承受的爱，变得无处可去，你是那份爱的容器，并且这份容器有且只有你。你得将这份爱继承下来，变得更坚强。"她说到这里，语气也微微有些颤抖，接着一字一句地说，"陈、奕、洋，你能做到吗？"

我道声谢谢，接着也不知道说什么，两个人沉默着。大雨再次降临，不知道为什么，冬天的故乡总是下雨，小满听到了雨声，说："你赶紧回家去，好吗？我不挂电话，就在这里听着。"

这句话让我站起身来，可回到家中，我依然觉得一切虚无缥缈。小满又说了一些话，但我整个人昏昏沉沉，挂完电话后睡意终于降临，只记得她最后的一句话是："只要我们还记得，那他们就成为我们的一部分，永远留在我们的身边。"

或许小满说的是对的，可我怎么也无法从中得到真正的慰藉。这世上任何的道理都无法安慰到我，最终我所获得的，只是无穷无尽的悲哀而已。最让我觉得悲哀的是，这世上有人真正地爱着我，而我却没有好好珍惜。

可还是要回到学校。

在离开家时，我看了眼父亲，原本高大的他现在显得整个人缩小了一圈，做出的所有动作和所说的话也一同失去了连续性，竟变得如此僵硬。

我怀着自己都说不清的情绪回到北京，怎么也提不起精神。我眼前的世界几乎被剥离了存在感，时间一分一秒向前流逝，我也没有任何感觉。

夜晚让我生出一种前所未有的恐惧。我不敢关灯，也不敢闭上眼睛，只要一闭上眼睛，就觉得自己在下沉，在那个深不见底的深渊里下沉。悲哀像海啸一般涌向我，永不停歇，在这种时刻，黑暗就是悲伤本身，如同在没有星星的夜晚孤身一人坐在海边。一旦这种场景出现在脑海，我就觉得自己随时会消失，因为没人在乎，像是有人拿着橡皮擦，轻轻一擦就能把我抹去。

不能不睡觉的时候，我就打开电脑放着电视剧，听着电视剧里的声音勉强入睡。在这样的状态下，我实在没有勇气去见小满，怕她看到我如此糟糕，甚至连对她说上一句早安的勇气也没有。我怕自己跟她哪怕只是说上一句话，就彻彻底底地依赖上她，给她添麻烦。

就这样过了一周，家里突然停了电，我给物业打电话，那边的人给了一个电话号码。可修理的人没办法那么晚赶来，我只得在没有灯光的情况下度过黑夜。等到电脑和手机都彻底没电的时候，家里也就没了丝毫的光亮。窗外不时有路过的车辆，我看着灯光一闪而过，整个房间又很快归于黑暗。

窗外刚好又有车经过，我便伸出手来，看着手在墙上的影子，但一切很快消失在黑夜之中，那情景就好像是被黑暗分解了一般，连影子都逃不过这命运。我没有办法忍受这黑暗，只好摸黑穿好衣服走到楼下的便利店，向店员借来充电器，把手机放在柜台充电。直到这时我才发现，原来距离手机没电只过去了半个小时。

可为什么我却觉得像度过了一整夜呢？

为什么黑夜非这么漫长不可？

手机充电需要一段时间，我决定出去走走透口气。

此时大概是深夜的三点刚过一些，街道上已经没有什么人了。我又想到了曾经喝酒的那条街，倘若是在那儿，街道上一定是人潮涌动。这是人们在无穷无尽的黑夜中打发时间的方式，可那个世界的大门已经被我自己关闭了，我也不愿意再回到那样的场合，哪怕此刻我想要大醉一场，那里也没有欢迎我的人存在。我按下自己的思绪，决心不再去想那些事情，就在我走到街角的时候，在路边停着的车下发现了三只猫。

它们似乎很害怕我，本来这三只猫咪的小脑袋还探在车前，听到有人的声音就都缩回车底下了。我停下脚步，蹲下来想看看它们三个的模样。整条街道没有一丝声响，只有刮来的一阵又一阵的风，随风而来的是骤降的温度，我打了个哆嗦，突然想到这三只小猫之所以蜷缩在车底下，大概也是因为今天的风有些大，让它们觉得寒冷。

我折回便利店，给它们买了三根火腿肠，老实说我不知道它们会不会吃，只是想起董小满跟我说过她喂流浪猫的事儿。我把火腿肠掰成几个小块，向着车底扔了过去，又怕因为我的存在它们不敢出来吃，就走远了些，坐到离它们大概有五米的台阶上。过了一会儿，有只白色的小猫探出脑袋来，走到火腿肠旁边，闻了又闻，又左右看看，像是确认附近没有图谋不轨的人存在，才放心大胆地吃了起来。不一会儿另外两只小猫咪也探出脑袋来，开始分享起眼前的食物。我这才把它们三个看清了些，有两只猫咪是白色的，另外一只猫咪比它们体形大了些，是一只黄色的大猫咪。

在这个黑夜里，我突然觉得在这世上我还不至于是彻彻底底的孤岛，三只流浪猫的出现让我的心情平静不少。

第二天晚上我特意去那个街角看看它们，它们似乎也没有那么害怕我了，与它们的互动让我百无聊赖的夜晚多了一丝乐趣，这其中或许还有着同病相怜的意味。

"至少这世上还有猫，至少我们还能有要去的地方。"我想起小满曾对我这么说过。

我们都是在这世界无处可去的人啊！

可过了几天，那三只小猫就再也没有出现过。或许它们找到了新的住处吧，我这么想着，在台阶上又多坐了半个多小时后才回到家中。就连猫咪都要抛弃我了吗？我越发想念姜睿，打开手机给他发了一条信息，但如同石沉大海，直到第二天也没有任何回复。

空气里弥漫着一种说不清的沉闷感，而我只能重复地过着一天又一天的日子。社交网络已经彻底进入我们的生活，几乎每个人都在谈论网上发生的事。经济危机似乎也过去了，新的一年即将到来，每个人都满怀着期待。然而我没有任何的期待，新的一年对我来说没有什么意义，不过就是日历又翻过一页而已。明天以后，还是明天。

我想起姜睿所说的"无论如何，先把日子过好，好好生活，好好照顾自己"，虽然我无法打心底相信这句话，但这多少让我可以勉强打起精神来上课。至少从表面来看，我暂且恢复了之前的生活，只有我自己知道这表象有多么的不堪一击。

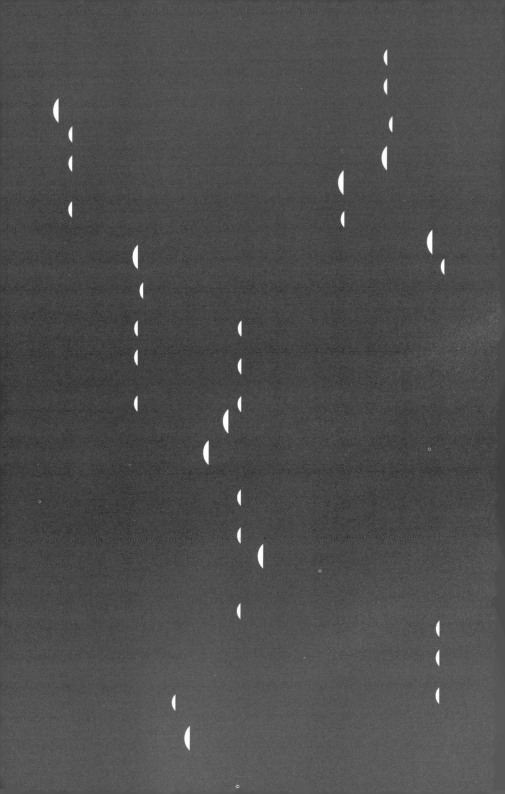

CHAPTER. ——————

北　方　以　北

11

所有糟糕的事似乎都喜欢赶在冬天出现。

那是十二月的最后一个星期六的夜晚。

这一天我在书店打完工，下班后随便在外头吃了点晚饭，饭后就戴着耳机准备慢慢踱步回家。就在快到家的时候——大概十点半，我忽然在家旁的十字路口看到了姜睿的身影。因为红绿灯旁边的路口灯光昏暗，我差点儿没有认出他来。我看到他的第一反应是开心，说是欣喜若狂都不为过，我跟他都快两个月没有见了，远远看到他的瞬间，我才发觉自己比想象中更想念这个朋友。我需要这么一个人跟自己说说话，不需说那些令人无法呼吸的沉重话题，只要能说说话就好，这么想着，我的脚步也快了起来。

然而当我走近一点的时候，看清了他的脸，却突然发觉他是另外一个模样。我差点儿以为他喝醉酒了，如果不是因为我知道他不喝酒，我完全会这么觉得。"姜睿？"我试着叫出眼前这个人的名字。

"我刚才去楼上按门铃来着，但是你还没有回来。"

"怎么回事？"我问，"你还好吗？"我没想到他会以这样的状态出现，他的模样比以往我所见到的每一面都更糟糕。

姜睿当然没有喝酒，从他的身上闻不到一点酒味。可他现下的状态，是那种醉酒后才有的混乱感。他的脸上像是写满了无助，整个人脏兮兮的，看着像是好几天没有洗澡，他的眼神充满着迷离感，一会儿向左边看一会儿向右边看。原本很挺拔的一个人，现在看着居然有点儿驼背。我看着他的样子难受极了，他的嘴巴一直张着，像是想告诉我一些什么但又说不出口。

"到底怎么了？"我问。

"我没有地方可以去，不知道该去哪儿。"过了一会儿，他像是用尽了全身的力气才说出了这句话，他说话的语气像是刚掉进泥潭，给人一种筋疲力尽同时又落魄不堪的感觉。

"先上去再说。"我说，他跟在我身后，在我们爬楼梯的时候，我听到了他鞋子拖着地发出的拖踏声。

我给他倒上了一杯水，告诉他先去洗个澡，有什么话一会儿再说。他看向我的眼神里仿佛充满了感激，这让我心里一沉。在他洗澡的时候，我一直在想他这段时间到底出了什么事。我能想到的便是他的父母再次打压他，然后他因为没有经济来源，所以被房东赶了出来。

可事情远比我想象的更糟。

有很长一段时间，他的嘴唇在动，但什么声音也没发出来。我心急如焚，但也知道不能催他，只好默默地等待着。他这样的状态持续了十五分钟，我越看越觉得不妙，终于他开口说道："我被赶出来了，因为没钱付房租。"

我第一反应是一切还没有那么糟糕，如果只是经济问题的话我怎么着都能够帮到他一点，实在不行还能找朋友借，虽说我身边能借钱的人几乎没有，但总是有办法的。当我这么跟他说的时候，他突然生起气来，当然并不是朝我生气，但那种感觉更像是对自己发火，接着他意识到自己失态，道歉后哀叹一声："你可能不明白，我的意思是我现在还欠着别人的钱。"

"啊？"我吓了一跳，只觉得这句话太荒谬了。

"你问别人借钱了？"我说，"因为要续租吗？"

"不，不是这样。"他停了下来，像是下定决心似的不停搓手，接着告诉我这两个月都发生了什么。

我现在只能用自己的语言把他所说的事写下来。因为他给我讲述这段故事时，有好几次几乎不能好好说话。我知道他内心无比挣扎，一方面他不想说这个故事，因为说出来就相当于再经历一次，可另一方面他又不得不说，他给我的感觉就是这样。

他在搬家以后，就开始了白天实习，晚上写剧本的生活。在我的要求下，他向我描述了他所居住的地方。那远比我想象的更落魄、更狭小，是一个类似于地下室的存在，一个单间，床和桌子挤在一块儿，想要迈开步伐都很困难，房间里没有窗户，更没有所谓的厨房，他这么一个对饮食有要求的人，竟然被迫囤了许多泡面。我听着眉头紧锁，光是听他这么描述，就觉得无法呼吸。说到这里他苦笑了一下，话锋一转说到了他之前找的影视工作室。

九月初的时候，他在网络上发出了自己的视频，不久后有一个影视工作室的工作人员找到他：工作室的负责人声称看了姜睿的几个小视频，很喜欢他的内容，联系他是想问问他手头还有没有剧本。姜睿没有多想，就立刻把前阵子写的剧本发了过去，那边的人说很满意，约他见面聊。见面的情形非常融洽，跟他见面的人对他礼遇有加，说着许多欣赏的话。还承诺等他打磨好剧本，就帮他找导演和制片人，争取在明年之前把这件事给定下。他们的意思是机会就这一次，希望姜睿好好珍惜。这句话给了姜睿希望，他想自己虽然做不到一下子就拍出经典，但现在终于有机会能有一个自己的作品，这个机会他不可能错过，至少他要向家人证明他不是完全痴人说梦。

我才明白为什么那些日子里他看起来是那么焦虑又着急。

这段故事如今写来可能只有寥寥几百字，但他把这些话说完，足足花了一个小时。说到这里，他的情绪才稳定了些，他低着头又沉默了许久。

"老实说，"姜睿说，说话时他一直埋着头，即便是偶尔抬起头，看到我的视线后就立刻低下头去，"如果这件事发生在一年之前或者是一年之后，我肯定不会这么愚蠢地不加任何思考就相信他们。就是不凑巧，什么事情都赶在一块儿，让我失去了判断力。"

"嗯。"我暗叹一声，表示理解。

"后来有一天，他们找到我，说帮我找到了导演，那天我开心坏了，就像是漆黑一片的隧道突然到了头。他们说帮我约的是晚上见面，在一个高级的餐厅，我什么都没想，回到家找出来唯一的一套西服穿上，然后反复看自己的剧本，想着他们会问我什么问题。我相信自己无论遇到什么刁钻的问题，都能回答上来。"

"哪知道他们什么问题都没有问我，只是说了一些无关痛痒的话。那天是我第一次去这样的场合，他们开了好几瓶酒，我也就跟着喝了一些。你知道这种场合我也不可能不喝，而且他们的劝酒词一套接着一套，我压根儿招架不了。"他说。

不知道为什么我想起了夏诚的酒局，有些人恐怕是天生不适合这样的场合的。我甚至能想象到他们对着姜睿说了些什么，大概都是那种恭维人的话，听着一时舒心，事后想想毫无价值。但我也明白彼时的姜睿或许想不了那么多了。

"然后他们说需要一笔前期投入，呵呵。"他干笑了几声，那模样既不是郁闷，也不是生气，只是单纯的无奈而已。

"然后呢？"我的眉头紧锁得更厉害了，随即咽了下口水，隐隐猜到了故事的后续。

"我……"他说，"我拿出了我的积蓄送了过去，还问别人借了一点钱。"

我屏住了自己的呼吸，想说话但只发出了"呃"的声音，只好干咳一声。

"就在上周末，我看他们没有回音，就跑去他们所谓的办公地看了眼。"他把手放在嘴边来回摩擦，不停地调整自己的呼吸，说道，"那是一个写字楼的 21 层，我到了楼下还一直在幻想着能找到他们，他们说不定只是很忙，一时间没有回我。可当我到了 21 楼，看到那个标牌的时候，就知道一切都完了：那是另外一家公司。前台有一个姑娘，问我要找谁，我说不出话来，扭头就跑，可是电梯怎么也不来，我是一层一层从楼梯跑下去的。我冲出了大楼，回头看看这里的各种写字楼，这些写字楼是那么高，人类建造出了如此规模的摩天大楼，却反倒让自己变得渺小。那瞬间我觉得自己竟然无处可去，我跟这些摩天大楼里工作的人们比起来，什么都不是。"

　　听他说完这些，我握着水杯的手止不住地颤抖，水一点点沿着杯沿洒出来。

　　"这怎么行！"我愤怒到了极点，这是我有生以来的第一次，"我陪你再去找他们。"

　　"找不到了。我试过。"他说。

　　"那就去报警！我陪你去！"说完我就想拉着他出门。

　　"去过了。"他说，"但警察说这件事可能也没有办法，一是相对来说我被骗的金额并不算太大；二是我有关于他们的信息实在是太少了，他们的资料全都是假的，我也是才反应过来，他们从来没告诉我真名。"

　　"怎么可以这样……"我也没了站着的力气，一下坐到沙发上，"难道真的一点办法都没有了？"

"我能做的，只有等待消息了。"他说。

他沉默了半晌，表情是前所未有的严肃。

"之前我不是说过为什么喜欢做饭吗？让我再说一遍吧，我喜欢做饭是因为它是一件可控的事。你多加了或者少加了一勺盐，味道立马就不一样。你可以反复地修正，总有一天可以做出自己喜欢的口味。"

"嗯。"我点头。

"我以为我修正不了我的过去，总能修正我的未来。可人生总有些事情是修正不了的，不管怎么努力都修正不了。"他说。

他说这话时的神情直叫我受不了，哪怕他是懊恼也好，他是气愤也好，这样都有一切可以从头再来的可能性，可他脸上的神情只有"无奈"两个字而已。他仿佛接受了这个糟糕的事实，并且在内心已经决心放弃。怎么可以让这件事就这样过去？我在心底怒喊，感觉自己的脚底，正生出一团火，直接冲向了脑门，我花了一段时间才把自己的心情平复下来。有那么一瞬间我甚至都产生了一种错觉，仿佛这事情是发生在我身上的一般，不然我无法解释这种心情从何而来。

等到我理解自己的情绪时，已经是一个多月之后的事了。

那天我们还说了很多话，很多很多，比以往的任何一天都多。但到最后他提不起任何的兴致，我也不知道应该说什么了。明明想鼓励朋友，想说一些让朋友可以振作的话，但千言万语最后都化为沉默，更何况我自己也是糟糕无比的状态。

大概是夜里一点钟的时候，他站了起来，那模样像是转身就要离开。

"你要去哪儿？"我赶忙问道。

"不知道……"他说。

"不行，你今天就待在我这儿，哪里都别去。"

"太麻烦你了。"他说。

"怎么麻烦了？何况这本来就是你的家啊。"我说，尽量让自己的语气不容反驳，同时他的样子让我有些恼火，为什么觉得这是一件会麻烦我的事呢？我那时没有想到，有时候我也会这么说，说一些害怕麻烦别人的话。我也没有想到，如果对亲近的人过于礼貌，会让他们觉得有距离感。

我绝对不能放下他不管，随即想到他没有拿行李箱，在我的追问下才知道他的箱子就在他那单居室的门口放着，我不顾他的劝阻，跟他一起回去拿到了他的箱子。我才发现他箱子的轮子已经坏了两个，几乎不能拖着在地上走。我以为是被房东扔出来的时候弄坏的，说："明天我跟你找房东说理去，就算不住了，也不能这么粗暴对待租客的行李啊。"

"这是我那天搬过来的时候弄坏的。"他说，地下室的灯光很暗，我看不清他的神情，"其实搬家那天我没有叫车，我拖着行李箱走过来的，本来轮子就不太好，那天彻底坏了。"

"你为什么不跟我说呢？"我说。

他没有回答。

回到家中他说自己睡不着，可明明就是一副精疲力竭的样子。他肿着的双眼几乎已经睁不开了，说话也有气无力，我知道他此刻最需要的就是休息。最终他没有拗过我，还是依了我先好好休息。在他睡下后，我回到房间，躺到床上，根本就没有一点睡意，想着可以为我的朋友做什么。我想着说不定他还可以回到书店打工，然后劝他不要着急，一步一步慢慢来，然后把他拉回之前的生活。

我想这些都是我能做的，如果我没有办法帮助他实现梦想，那么我应该尽全力把我的朋友从泥潭中拉出来，即使我自己能做到的事情十分有限。而且我认为，我可以在帮助朋友的同时走出自己的困境。

第二天我特地起了个早，给姜睿和自己做早饭。

可当我做完早饭准备叫醒姜睿的时候，发现他已经不在房间里了。他的行李也不知所终，我心一沉，担心他做出糟糕的事，便赶紧给他打电话。

电话里他说自己会想办法找到住的地方，实在不行试着求学校让他住回宿舍，让他不付房租住在我家实在是太过意不去。不管我怎么劝怎么说，他对于这点毫不退让。挂完电话我发现他给我留了一本书，还是那本橙色的书，但不是我送他的那本，而是崭新的一本。我翻开书，看到他在里面的明信片上写了"谢谢"两个字。

谢什么谢，我什么都没做，我在心里说。

我突然看到明信片的背面还有一行字。

"或许接下来的一段时间，我们都不会再见面了，希望你一切都好。"

这次跟他搬走那次完全不同，那时我感觉他只是搬家而已，往后还能见面，这次我却觉得他是决定彻底离开这里了，或许他来找我就是为了告别，他要告别的是我，他要告别的是北京，或许他还要彻底告别自己的梦想。这次他离开，或许我们就真的不会再见面了。

为什么我不多做一些呢？为什么我不多说一些呢？这两个想法萦绕在我的脑海。

这可是这世上我仅有的朋友啊。

2010 年悄无声息地到来，我步入了二十岁，虽然依然是年轻人，但看着校园里比我小的孩子们，总觉得自己少了一些什么。我照常上课，照常下课，孤独依然是我生活的主旋律，但那感觉比之前更深邃了，之前我总还能给自己一些小小期待，至少还能期待与姜睿再次说话，但现在他已经彻底地跟我挥手告别。夏诚也好，姜睿也好，我大学所找到的两个朋友（或者说类似于朋友的存在），一个决心拥抱新生活，另一个决心销声匿迹，就此离开了我的生活。一并离开的，还有我能够回去的地方，这世上再也没有我的容身之地了，我也一心想要消失，可到底没有这个勇气。电影里描述的世界末日还没有来临，作为一个活着的人，我依然要面对这乌云密布一般的生活。

月底的期末考试我没花多少精力就顺利通过了。想来是因为我无事可做，只好专心学习罢了。夏诚连考场都没有出现，或许期末考试对于他来说已没有任何意义。考试告一段落之后，眼瞅着离过年还早，我便收拾好行李一个人出走了。我出走旅行的直接原因是房东告诉我新一年要涨房租，我眼下所攒的钱怎么也不可能再继续住下去了，索性告诉他我要退租，其实我连接下来要去哪里住都不知道。我手头还有那么一点钱，刚好够出去旅行一次，我查了去漠河的机票，几乎没有做任何思想斗争就决定去那个地方看一看。

但我知道我出走的理由并非只是涨房租这一个，归根结底是这个地方我待不下去了，走到哪儿都能看到别人的幸福，这只能提醒我自己是多么的落魄。我心烦意乱，完全静不下心来，于是出走成了唯一的选择，要去哪里都无所谓，至于能看到什么也几乎不抱任何期待。我已经一无所有，逃避是我最擅长的事，一如我一直以来做的那样。

记得一路上我戴着耳机，反复循环着一首歌，那是一首很老的歌，名字叫 *The Sound of Silence*。这首歌还是很久以前姜睿推荐给我的，那是在书店时他放的歌，当时只是单纯觉得好听，在旅途中听来却别有一番感觉，尤其是歌词的第一句："Hello, darkness, my old friend."到头来，我只能跟黑夜做老朋友，跟沉默做老朋友。或许是这首歌的缘故，我竟然连风吹来的方向都记得一清二楚。那是冷得彻骨的风，吹着地上的落叶，风声反倒让世界变得无比安静，就好像这世上除了耳机里的声音，就只剩下风的声音了，萧瑟又空洞。

这是中国最北边的地方，冬天来这里的人很少，飞机上也都是空位，这儿的人流量跟北京完全无法相比。无论我走到哪里，前前后后的人都屈指可数，我所感受到的孤独却跟在北京时如出一辙，或许在哪里都一样，孤独的都是人而已。我记得自己茫然地走在河边，感受着刺骨的风，河水已经被冻成了坚硬的冰，自然看不到一条鱼，我蓦然想起学校里的鸭子，此刻自然没有鸭子的身影，放眼望去，只有枯枝散叶，整个世界没有一丝的生机，一副末日景象。

到漠河的第四天，日历悄无声息地翻到了二月，我给董小满打了个电话，原因我也说不清楚，大概只是想知道这世上还有一个人愿意跟我联系，愿意接我的电话。

"你去哪儿了？"电话里她说，"怎么都是风的声音？"

"漠河。"

"漠河？"她似乎在理解这到底是什么地方，随后问我，"去漠河干什么？"

"我也不知道。"

"跟谁去的？"

"我一个人。"我说。

电话那头沉默几秒，她才说："那好吧，那儿怎么样？"

"很冷，是个小镇，也没有什么人。因为是冬天，也没有特别好看的风景。"

"你可别感冒了。"小满说。

"嗯。"说到这里我在脑海里斟酌着要对她说的话，想告诉她其实想跟她再见面，可还没等我再说话，手机就被冻得关机了。我愣在原地，好不容易鼓起的勇气瞬间消失，只好叹息一声，连手机都在跟我作对。

我捡起脚边的小石头，用尽全力向河里扔去，小石子打在冰上，出乎意料地没有发出一点声音。很快那石子就落在冰上，因为太小又离我有段距离，变得难以分辨。我在河边坐了一会儿，终于受不了这彻骨的寒冷，决定走回旅馆去。走出了大概一百米的时候，我回头看了眼，河边的景色还是那样，丝毫看不出我来过的痕迹。

是了，大概就是这样的，我就是这样的人吧，无论我走到哪里，都无法改变什么，回过头看一眼，连来过的痕迹都没有。

我不止一次想到了梦真，想到了姜睿，想到了夏诚，想到了那些曾经在我生命里出现、消失的人，如果一个人的到来最终结局是悄无声息地离开，那这个人的到来到底有什么意义呢？

我想不清楚。就连父母也没有给我打来电话，他们明明知道我放假了，也没有问一句要不要回家，事实上，他们打来的唯一的一个电话就是告诉我奶奶离世的消息。奶奶是一定会接我电话的那个人，可是她已经离开我了。我的心又隐隐作痛起来。

此时此刻，我一个人走在漠河的街道上，没有一个人跟我说话，也没有一个人会跟我联系。

这不是我应该习以为常的事情吗？

回到旅馆，我把手机充上电，想着应该向董小满解释是因为手机被冻关机了才断的电话。可到底还是没能打出那一行字，为什么要解释呢？解释了又能改变什么呢？如果我向董小满表达心意，又能换来什么样不同的结果呢？

不会的，不会不同的。归根结底，现在的我只是一个空洞的躯壳而已，我只是一个叫作陈奕洋的人而已，除了这个名字外什么都没有。我无法给爱过的人带来希望，无法给朋友分忧解难，无法留住爱过我的人。我所希望拥有的东西，或许都短暂地拥有过，可最终还是一并消失，就像是行走在无边的沙漠，所出现的都是海市蜃楼。如果这样，我宁愿从未拥有过。

因为是淡季，整个旅馆没有多少客人，这让原本就很小的旅馆，更显得门庭冷落。晚上吃饭时，大概是看我眼熟，老板和老板娘给我做了好几个菜，还做了当地最有名的鱼。老板拿着酒坐到我身边，问我："怎么想到一个人来这儿旅行？"

我只好答道："弄丢了一些人，也找不到未来的方向，所以想出来看看。"我不知道为什么说出了这些，或许是陌生人的善意让我觉得可以说一些心里话。

"我年轻的时候也这样呢，"他抽起了一根烟，问我要不要，我接了过来，"因为不知道能做什么，所以就想到处看看，寻找所谓的答案。"

"嗯。"我点头，"那你找到了吗？"

"没有。"老板开朗地笑了起来，他的眼神里一闪而过饱经沧桑的睿智，接着化成了一种长辈特有的温柔，那温柔我在奶奶的眼神里看到过，"没想到我会这么回答吧？这世上有很多地方有很多人，等你去了更多的地方你就会发现，这世界比我们想象的更大。到处都是奇妙的人，每个人都有自己的生活方式，所以哪有什么答案呢？这世界的真相就是没有答案，相聚离开通通都没有答案，只要你回想起来问心无愧就好。"

问心无愧就好，可如果我内心依然不安呢？我没有把这句话说出口，总觉得说出这句话就辜负了老板的一番好意。

过了一个小时，我吃完饭又跟老板喝了一点酒，大概是许久没有喝酒的缘故，两杯酒下肚，我就有点晕晕乎乎了。老板又问我接下来有没有想去的地方，我答道没有，他告诉我这里的日出很美，只是有点冷，如果想去的话，他可以一早起来带我过去。

"如果有想不通的事情，看一眼日出就好了。"他说。

看他热情的模样，我只好应承下来。当天晚上我强迫自己早早入睡，或许是喝酒的缘故，我竟然一下子就睡着了，印象里已经许久没有这么快地入睡了。凌晨三点半我就醒了过来，老板在四点刚过一点的时候敲我的门，带我去那条河边。我才知道他所说的日出就在这条河边，老实说我当时想的是自己昨天刚来过这里，没有什么好看的。

那天等日出的人只有我和老板两个人，他全副武装，还给我带了一件棉衣，我连声道谢。我不知道具体的气温到底是多少，据老板所说应该是零下四十摄氏度左右。我拿出手机想要拍照，但手机刚拿出来一分钟就又被冻关机了，老板笑着说他带了相机，如果我需要的话，可以多拍几张照片给我。

快五点半的时候天开始亮了起来，不到六点第一缕阳光升起。大自然的力量瞬间展现在我的眼前，首先是河的对岸渐渐亮了起来，我能看到一片又一片云被染成了鲜红色。那颜色是如此鲜明而又具有生命力，在这之后太阳才慢慢地露出一头。颜色逐渐变成了金黄色，那是任何颜色都无法与之比拟的金黄色，也是无法从电脑或手机里看到的颜色，这颜色兀自照亮了大地。眼前的景色居然跟昨天看到的完全不一样了，一切又渐渐地有了生机，那瞬间我觉得自己也好像被唤醒了一般。

如果董小满在就好了，我们就可以并肩看着这景色。那些人造的景色，那些摩天大楼自然有它们的力量，可大自然完全在另外一个维度，它是超于人类之上的存在，是一种坚硬和柔软并存的力量。我没有想到竟然能看到这样的日出，差一点儿就泪流满面。我决定至少要好好活下去，至少要为了这个日出活下去。

回到旅店之后，我忽而想到，在刚才的那两个小时内，我竟然一点都没有想起吴梦真，在我脑海里出现的身影，都是董小满。

我走到了镜子前，镜子里是一张无法直视的脸孔，皮肤状态极其糟糕，面色也很差，是病态的蜡黄色，双眼塌陷，像是许久没有好好睡觉一般。我好像又瘦了一些，脸上像是莫名其妙塌陷了几块，我洗了一把脸，想给董小满发去照片，才想起来手机里一张照片都没有拍。我又看了眼行李，想着应该回去了。看到了这样的日出，总算是不虚此行。

我跟老板告别，他告诉我下次来的话可以直接找他。还一路送我到机场，我跟他再三道谢然后告别。在飞机上我再次看了眼窗外的风景，只觉恍若隔世。刚下飞机，空气里就弥漫着绝望感，像是老朋友一样欢迎着我。我突然头疼起来，忍着头痛赶回了家，才想起房子已经退租了。盘算着手里的钱，还够我找便宜的旅馆再睡两晚，也没有其他的办法，只好在大学城附近找了一家旅店。

在旅店楼下看到了男男女女，他们有说有笑，空气里都是暧昧的气息。他们看向我的眼神里充满着困惑和不解，或许他们在想，我这样的人来旅店做什么。

我顾不得去思考他们的想法，回到房间后给自己烧了热水，意识到自己可能是发烧了。童年的医院经历让我对自己的身体敏感许多，还好我不管走到哪里都常备着药。

两杯滚烫的热水下肚，我又向前台多要了一床被子，吃了感冒药沉沉睡去。

第二天醒过来的时候，手机里有两条信息。

都是安家宁发来的。

CHAPTER.

落 在 海 中 的 雨

12

第一条信息是："我把夏诚送走了。"另外一条则是约我见面。

我没有马上回复，站起来走了会儿，发现身体好转了不少，这让我觉得不可思议。原本以为要病上好几天，兴许是前阵子的健身起了作用。我又休息了一个下午，大概到下午五点，觉得身体已经好得差不多了，才给安家宁打去电话。

"还好吗？心情怎么样？"我问道。

"想了很多。"她说。

"有话想对我说？"我实在是不知道她找我的理由。

"嗯。"她答道。

"关于夏诚的事吗？"我问道。

"不止，还有关于董小满的事，什么时候有空？"

"今天就有，那一起吃晚饭？"我提议道。

想着要出门见人，我走回镜子前，剃了胡子、洗了头发，尽量让自己精神起来。走出旅馆的时候我不由得打了一个哆嗦，今天的天还是很冷。但街上的女孩儿们似乎没有受这温度的影响，穿得像是现在只是秋天似的，又像是她们已经提前闻到了春天的气息。我刚走到街角，就看到了安家宁。她的整体印象跟我上次见到她时依然没有太多变化，只是那眼神变得坦率而有力，少了荫翳的感觉。她见到我笑着跟我打招呼，依旧是极为含蓄的笑容，这是她的风格。我也笑着跟她回应，接着我们两便并肩走向餐馆的位置。

　　一路走着话不多，我脑海里浮现出上次跟她见面时的情形，突然想起了姜睿。直到这时我才看到了他们身上的共通点。歇斯底里都不是他们的性格，即便遭遇了再糟糕不过的事，他们也只是自己默默承受，哪怕生气也是对自己生气。像我说的，如果一个人可以发泄出自己的情绪，那作为朋友就知道如何去安慰他们。可有的人就是做不到这样，他们缓缓地告诉你发生在他身上的故事，其他的什么都没说，也什么都不会去做。哪怕是最难过的时候，还担心自己是否会影响到朋友的情绪。

　　我突然明白为什么发生在姜睿身上的事让我如此悲哀。

　　我原本以为像她和姜睿这样美好的人，理应享受最美好的人生。可世界向另外一个方向急转直下，这一点让我觉得可怕。我期待姜睿可以实现自己的梦想，期待安家宁可以拥有自己的爱情，希望他们都可以幸福。我之所以这么期待他们能够幸福，大概是因为他们是我见过的最美好、最积极、最纯真的人。认真又努力的人，理应看到这世上温柔的一面，得到温柔的对待。

可到底事与愿违，应该发生的和实际发生的不是一回事。这种情形一直在发生，发生在我的朋友身上，发生在我自己的身上。我想到了这么多年来的愿望，我所期待的无非是有人跟我说说话，可最终不过还是孤身一人。如果连他们都得不到世界的公平对待，那像我这样的人又该如何面对未来呢？

这世界为什么总是让人不停地失去呢？

正当我这么想着的时候，安家宁打破了沉默，她说："你怎么看起来精神好像不太好？"

"前阵子去了一趟漠河，昨天又有点感冒。"我说。

"感冒了？那我真不该今天叫你出来吃饭。"

"已经好了。"我说，"实际上我也觉得自己应该出来呼吸一下新鲜空气。"

安家宁含笑说道："你确定出来呼吸的不是雾霾？"

"也不坏。"我说，"总比闷在房间里好多了，而且有人可以说话对我来说是一件很好的事。"

她点点头："这也是我找你的理由，有些话想说。"

"可我不明白，为什么要对我说。"虽然这么说有些不礼貌，我还是道出了内心的疑惑。

"因为我觉得你能够理解，而且还有些话必须对你说。"

"啊？"我丈二和尚摸不着头脑。

"一会儿再说吧，就快到了。"安家宁指着前头的餐厅说。

我们走进餐厅，隔桌相对而坐。她熟练地点了几个菜，又问我：
"不来一点酒？"

"好啊。"我说，"只要不喝多。"喝酒这个习惯倒是保留了下来。

"放心。"她笑着说。

接着我们便专心吃饭，时不时地拿起酒杯喝酒。我跟安家宁都没怎么说话，或许她在想着要对我说的话。我们相对无言地吃着饭，跟周围的人产生了鲜明的对比，他们每个人都在七嘴八舌地说着，北京的大部分地方一向如此，浮华又喧闹。得益于我跟安家宁的安静，我多多少少地听到了身旁的人在说什么。一个穿着西装的年轻人对另一个女生说着自己的生意，牵扯的有一个多亿，他说得眉飞色舞唾沫横飞，那模样实在让人觉得忍俊不禁。安家宁似乎也听到了他在说什么，脸上也泛起笑容。

服务生端来甜点，我们又沉默地吃起甜点，但这沉默并不让我觉得难熬。

原来沉默也能恰到好处。

吃完甜点后，安家宁看了一会儿窗外。真奇怪，北京今天一点儿风都没有。

"你肯定想知道我今天想对你说什么吧？"她转回视线，放下勺子，看着我说道。

"嗯。"我点头。

"不过在那之前，我想事先告诉你：小满之前跟我略微说过关于你的故事。"她说，"这也是我觉得你会理解我今天要说的话的原因。"

"我的故事？"

"嗯，"她端起酒杯喝了一小口，接着说，"说你在以前受过很大的伤害，来自同学的，来自你爱过的人的。"

"这些事啊。"我喃喃自语道，接着保持着沉默。

"我有个请求，"她说，"希望你能说说当时的心情，如果不冒犯的话，有一些事我想确认。"

"没事。"我说，接着想了一会儿，我突然意识到想起那些事情的时候内心已经没有太多感受了，仿佛那是发生在别人身上的事件，我忽然体会到了姜睿跟我说他的故事时的心情。就像一块巨大的石头落入湖面，即使会泛起涟漪，甚至发出"轰"的巨大声响，那也都是过去的事了，那块石头已经沉入了湖底，至少湖面已经恢复了平静。

安家宁一动不动地看着我，等待我要说的话。

"现在我回想起来，就像是在大海上下了一场悄然无声的雨。"我说。

"你这人说话真的很认真。"安家宁含笑说道，"总给人一种文绉绉的感觉，像是会放在书里的话。"我从她的眼神里看出这不是一句戏谑，而是很认真的话，"但这不是坏事哦，这样才更有谈心聊天的感觉。这世上很多人每天说的很多话，仔细想起来都没有什么意义。"

我一时沉默无语，她像是突然想到了一件事一般说："刚才我的语气是不是有点像夏诚？"

"嗯。"我点头说。

"这也是没办法的事啊，毕竟我们在一起生活那么久，被他影响了吧。"她说道，在她说这句话的时候，我一直看着她的脸，好在她的情绪没有太大的起伏，"我现在明白为什么董小满说跟你谈心很适合，你身上有这种气质。具体说说那场大海里的雨可以吗？我这个人的理解能力有限。"

"抱歉，"我说道，又想着董小满为什么会说那样的话，"可能这么说有些夸张，但那的确是一场倾盆大雨。我在人生的大海里航行，突然失去了方向，大雨又瞬间降临，让我觉得自己随时都可能被这场雨所吞没。这场大雨只下在我一个人的身上，就像是在那瞬间这片大海上只有我这一艘船而已。前后看去，只有一片漆黑，而我孤身一人。有无数次我都觉得自己随时会落入海里。"

"可为什么要说是在大海里下的雨呢？"安家宁问。

"因为对于别人来说无足轻重，"我想既然说到了这里，应该再详细地说明，"对于我来说是一场大雨，可对于岸边的人来说，他们连下雨的声音都听不到，或许压根儿不知道在海的中央正下着一场雨。其实有很多次我都想把这些话说给别人听，自己憋着实在是受不了。可怎么说呢，我能感觉到他们并不在意这些事，后来也就不想再说了。"

"你这么一说我就明白了。"她说。

"那就好。"

"有些事是没有办法跟别人说的，因为一旦别人摆出来一副无法理解的样子，那感觉会更糟糕，还不如不说，是这样吧？"

"嗯。"我想起了刚进大学时的感受。

安家宁不说任何话，依然一动不动地看着我，那模样像是想让我继续说下去，于是我说道："那些事对我产生了很大的影响，就像是对人敞开心扉的能力突然间消失了，而我即使存活了下来，也不过是大海里的孤舟而已，指南针已经失去，身边是茫茫大海，没有任何坐标，也看不到自己能去的地方。甚至有时觉得哪里都不想再去了，就这么孤身一人地沉默着，直至沉没。"

"因为害怕受到伤害？"

"可以这么说。"我喝了一口酒，挪开自己的视线，看着窗外昏黄的路灯。

"那之后发生了什么？"她说，"不管怎么说，那都是以前发生的事了，我想你应该不会因为许久前发生的事突然去一趟漠河。"

不知道这是不是女性所特有的敏锐，安家宁也好，董小满也好，她们总能看出别人的心事。或许这也是女性的魅力之一吧。我这么想到。

"其实也不是发生在我身上的事，只是我的朋友遭遇了一些事。他可以说是这么多年来我为数不多的朋友。"我想了一下，决定把姜睿的故事告诉她，包括那张留下来的明信片。

"这么说来，你是觉得自己没有为你的朋友做什么，所以才一副不安的样子。"她小声说出了自己的总结，但又怕说得不对，所以语气里充满了不确定。

"嗯，可能有些难以理解吧，但对我来说这确实让我很难过。当然还发生了其他的事情。"

"不，一点都不难理解。"她摇摇头，说，"对每个人来说，朋友都是很重要的。在他们身上发生的事，会让作为朋友的我们更难过，这很正常。"

"就像是终于在大海上遇到了另外一艘船，却眼睁睁看着他的世界里下起了一场大雨。"我说，"现在他也离开我的生活了，或许我就是这样的人吧，能做到的事终究太少，朋友也好，爱过的人也好，曾经一起玩的人也好，最终都只能获得失去的结果，最终也只能一个人没有方向地漂流，所以哪里都不想再去了。"

"可在我看来，你做得足够多了。"她眯着眼睛看着我。

"什么？"

"你之前说的那场大雨，其实每个人都会遇到，我也遇到了不是吗？"她说，"或许随着成长，我们每个人都会遇到各种各样的问题，但有一个人站在你身边的感觉已经足够美好了。我可是很有资格说这句话的哦，小满就是陪在我身边的那个人，而对于你的室友来说，你也是这样的存在。只要是心联系在一起，就足够了，这比其他形式的帮助都重要。这样的人有一个就弥足珍贵了，所以你没有做错什么，根本不必因此而不安。"

　　我不知道该说什么，我从未从这个角度想过这个问题。

　　"董小满跟我说过，你这人习惯性地把所有错误都归结给自己，你的一大特征就是喜欢跟人道歉。明明你什么都没做错呀。"安家宁接着说道，"她说的果然没错。"

　　"她这么跟你说过？"

　　"你可能不知道吧，她跟我说过许多你的事情。"

　　"这……"我口干舌燥起来，把杯中的酒一饮而尽。

　　"在说她的事之前，我想告诉你我现在的感受。"安家宁说，"我前天把夏诚送走了。"

　　"嗯。"我点头，"在你发来的信息里看到了。"

　　"我以为我可以平静地看着他走的，但还是大哭了一场。"她说，又指了指自己的眼睛，"我眼睛有点肿吧？"

　　"没有。"我说道。

　　"我帮他整理好所有的东西，帮他收拾好箱子，我希望他还能对我说一句'等我'，真的，只要这两个字就够了，我那时告诉自己，只要他说出这两个字，不管要等多久，不管结局如何，我都会等下去。很可笑吧？"

　　"一点都不可笑，"我说，"我想你就是喜欢他到这种地步。"

　　"喜欢他到这种地步，"她喃喃地重复了一遍这句话，"喜欢到我是那个被丢下的人。"

　　我看着她无意识地拿起酒杯，也拿起了一杯酒。为什么两个人不能好好在一起呢？为什么选择一种生活就非得放弃另外一种生活呢？

"不过说老实话，在刚开始成长的时候，我的身边就有夏诚了。我生活的中心几乎都是夏诚，被他牵着鼻子走，当他跟我说要离开时，我连难过的情绪都来不及感受。我只是突然间发觉，自己早已经是一种失去自我的状态了。如果他不在这个时候离开，我们在未来也会分开，这只是或早或晚会发生的事而已。说到底，我们完全是两种不同类型的人。"

我想起了夏诚平日里的模样，不得不承认安家宁所说的一点儿不错。

"这些我都清楚，"她说，"其实早在很久之前就发现了，只是舍不得放弃而已。换句话说，即便了解这样的事实，也没有办法立刻接受。"

"嗯，"我说，"你说的我能明白。"

"所以我要帮他，帮他离开这座城市，"她说，"其实这是我的告别方式，每天看着他离我远一点儿，就是每天在跟他告别一点点，别无他法。我比谁都喜欢他，这一点千真万确，长久以来我所幻想的未来里都有他。可是我真的累了，甚至可以说疲惫不堪，尤其是看到他一点点迈向新生活的时候。听起来很矛盾吧？我一方面希望他留下来，可以跟我一起迈向我想象中的未来；另一方面我又希望他赶紧离开，让我断了这层念想，如果继续这么拖下去，结局或许会更糟糕。这样听起来像不像是自我安慰？"

"不，我能够理解你的感受，或许换成我，我也会这么做。"

安家宁微微一笑，说："我的感觉没错，我所说的你果然能够理解。"

"可能因为我也遭遇过类似的事情吧。"我笑着说。

"所以在他走的时候，我大哭一场，但不仅仅是为了他离开这件事而哭的。"她把手放在桌子上，调整自己的呼吸，说道，"我不单单是告别夏诚，告别一个我所爱的人，同时我也在告别跟他在一起的我自己，告别那个记忆里的女孩。我的脑海里只有两个念头，一个是我希望他可以过得很好很好，哪怕未来的日子里没有我的存在；另一个是从今往后我就真的迈向一种未知的新生活了，在这里我没有坐标，我只能靠自己的力量去寻找新的坐标。"

她说完这句话后，我产生了一种非常奇妙的熟悉感，随后很快反应过来，从某种角度上来说我就是她，她就是我，我们都是被丢弃的人，都是失去了坐标的人，都得在这个巨大而又奇妙的世界里寻找生活下去的方式。

"所以，你看，我的世界里也正在下那场大雨呢。"她笑着说，把手放到了头顶，一副躲雨的样子。她的眼神里闪过一丝坚强，那是属于安家宁人生的底色，我知道这一点。换过来说，我没有她这么坚强。

可直到现在，我依然不知道她为什么要对我说这些。我有一种预感，她不仅仅是找我这样一个跟她有类似经历的人来诉说自己的感受，不仅仅是这样，她说这些还有着其他的意义，更深层次的意义。

"我觉得很不公平。"我说。

"什么?"她问。

"觉得发生在你身上的事也好,发生在姜睿身上的事也好,都不公平。"

"或许吧,可又能怎么样呢?"她说,"或许我们每个人背负着这场大雨,谁也逃不掉。但因为你看不到别人的雨,别人也看不到你的,所以才会觉得只有自己和身边的朋友遭受了不公吧。可说到底,怨不得别人。当初跟夏诚在一起也是我自己的选择。"

我想起那天在便利店门口遇到的那个女生,短暂的沉默再次降临,旁桌的那人说话越来越大声,我看向周围,大家都差不多是吃完饭聊天的状态,餐厅变得更加嘈杂。安家宁提议换个地方再聊,说有些话还没有说完,我点头说好。她执意要付钱,我说这么久没见应该我来付,便抢过了单。但等到要付钱的时候才发现自己身上已经没有足够的钱结账了,这让我的神经再次刺痛起来,安家宁看出了我的窘迫,什么也没说便把钱付了。

当我们走到外边时,冬天的寒冷再次席卷而来。我倒是还好,穿了一件很厚的绿色大衣,安家宁只是穿着天蓝色的毛衣加一件很薄的外套而已。我看向头顶的天空,仍然看不真切,星星依然迷路,空气中像是有看不见的颗粒,这个冬天北京的可见度一直都很差。

"要去哪儿?"我问道。

"去夏诚家。"她说,"他的屋子还没有退租。"

我没想到她会说要去夏诚家，提议说不如去一个没有多少人的酒吧，她笑了起来，说："怎么了？不想去夏诚家？还是说跟我单独待着会觉得尴尬？"

"不是。"我连忙摇头。

"有些东西还没收好，正好去收拾一下，而且夏诚说有东西要留给你。"

"留给我？"

"走一点路很快就到了。"她说。

我们沿街走了大概只有二十分钟，就走到了夏诚家所在的小区。她跟门卫说了些什么，我们便径直地走了进去。走进他家，才发现这屋子几乎没有什么变化，除了桌子比之前空旷了一些。安家宁走进卫生间，从里面拿出来一个小箱子，把自己的两双鞋和牙刷放了进去，又走进夏诚原来的卧室，拿出几件衣服认认真真地叠好放进行李箱。我瞥见冰箱旁那几盆绿植还在，酒柜里也依然有几瓶名贵的酒。

安家宁把箱子合上抬起，又从冰箱里给我拿来两瓶啤酒。在她打开冰箱的时候，我看到冰箱里的东西依然是满满当当。

倘若不是知道这屋子的主人要走很久，我还以为这儿还会住着人。

"不像是要搬走的人啊。"我感叹道。

"是吧？"安家宁把啤酒递给我，说，"他这人就是这样，说这些他用不上也带不走，就把这些都丢在了这里。说是给下个租户算了。"

"这倒是他的风格。"我笑道。

"其他的倒是都可以算了，但这几盆绿植我想带走，毕竟算是我养的，更何况等到下个住户住进来，它们都得枯死了。"

"到时候我来帮你搬。"

"谢谢。"她说，"不过这点小事我能自己搞定的。"

她起身走到窗边，把窗户向内拉上，又回到客厅旁。我也跟着坐到了沙发上，看着眼前的摆设，真是奇妙，尽管我常觉得夏诚家没有所谓的生活气息，但他到底还是留下了痕迹，只是他这个人已经在另一个国度了。他奔向自己的新生活，把这一切都留了下来。

安家宁又站了起来，走到电视机旁，从电视柜里掏出一个蓝牙音响递给了我。

"这个是他留给你的，还有那个足球桌。"她指着电视旁的足球桌说，"他说这两个东西你一定用得上。"

我一时不知道应不应该收下这两样东西，安家宁就把音响放到了桌子上，对我说："夏诚说让你一定要收，他料到你不会收，其实他一直对你青睐有加。"

"但我始终没有搞明白为什么。"我说。

"他跟我说过一次，说在你身上察觉到了另外一种力量。"

"'力量'这个词可是跟我完全不搭边。"

"是吗？"安家宁说，"或许你身上真的有那种力量呢，只是你自己不知道而已。其实我也有类似的感觉，你跟他身边的其他朋友都不太一样。或许那场过早出现的大雨，真的给了你别样的力量。"

可惜现在夏诚已经不在这里，我也没有办法得知他的具体想法了。

"其实夏诚也没有那么糟糕。"安家宁说。

"这我知道，从各种意义上来说，他都不是我这样的人可以比的。"我说。

"只是他所看到的东西跟我们不一样而已。"她说。我的内心又闪过一丝难过，即使安家宁被夏诚抛在身后，她还是在为他说话。

她缓缓地坐下，看着我说道："我不是在为他辩护，只不过我更了解他一些，所以只是说出一个客观事实而已。"

"不是每个人都像你这么坦荡的。"我说。

"不是坦荡，是责任。事实摆在眼前，我有责任把事实说清楚。只不过他为了自己想去的地方，必须舍弃掉另外一些东西，这是他的命运，也是我的。我能做的，只是接受这些而已。"安家宁露出了淡淡的笑容。

"我不清楚这些，他天生活在另一个维度里，我无法去评价。"我说，"或许能评价他的人只有你而已。"

"也许吧。"安家宁稍稍停顿，调整了一下自己的坐姿，对我说道，"所以当你们觉得他只剩下冷漠无情的时候，我却觉得其实他没有那么糟，他也曾温柔地说爱我。而且这么想着，自己也能够得到救赎，也就不会那么难过。我实实在在跟他度过了将近十年的时光，这并不会因为他的离开而被抹去。你觉得呢？"

我想到了自己，便说："我没有你那么坚强啊。"这句话是我的心里话。

"你只是没有一个缓冲带，"安家宁说，"缓冲带，就是红绿灯前的那个，有了这个就能够及时刹车了。而我有一个属于我的告别过程，这半年的时间足够了。"

"真的放下了吗？"我依然充满了怀疑。

"我会的。"安家宁这么说，却没有说我已经放下了之类的话。

"可以抽烟吗？"我问。

"当然可以。"

我走到了厨房，点起了一根烟，这期间安家宁就安静地坐在沙发上，什么话都没再说。我听到了窗外车来车往的声音，还有随之而来的亮光一闪而过。一旦安静下来，这屋子便显得空旷开来，空气里稍微有一些悲伤的感觉，像是溪水缓缓从山间流淌。

为了缓解这种悲伤，还有掺杂在其中的尴尬，我打开自己的手机连上了那个蓝牙音响，放起了那首 The Sound of Silence。这首歌放完之后，安家宁问我这首歌叫什么，我便把歌名相告。

"这歌名真有趣。"她说，"The Sound of Silence，寂静的声音？是这么翻译吧。"

"寂静之声。"我说道。

"寂静之声，这翻译很传神，不觉得很像你说的那场大雨吗？别人看起来是安静的，但在自己的世界里别有一番景象。"

"嗯，是这样，所以我也很喜欢这首歌。"

"不过从另一个角度来说，哪怕是寂静，也有属于它自己的声音。"她说。

不可思议！安家宁竟然可以从这首歌里得出这样的体会。哪怕是寂静，也有属于它自己的声音，直到此时，我才终于明白安家宁跟我说这些的原因。或许正是因为她也在承受着痛苦，这让我觉得她的话有一种不可言说的说服力。如果换一个角度看待身边所发生的事件，或许会得来完全不同的结论。我想这就是她要跟我说的话。

我们静静地聆听这首歌，透过高质量的音响，这首歌给了我一种不同的感觉，当然，我知道这不是音响的缘故。此时此刻，我第一次跟这首歌有了真正的共鸣，那是我在旅途中未曾感受到的。又想起了在漠河的五天四夜，或许在那个时空里，有些东西悄无声息地改变了也说不定。我想起了那天的日出，又想起了当时的感受，董小满的脸庞出现在我的脑海里，她的笑容是那么的美丽，像是囊括了这世间所有的星辰。

"你有没有想过董小满？"安家宁问。

我无声地点头。

"好了，现在要跟你说最后一件事了。"安家宁说，"我在短信里跟你说要说一些关于她的事。"

"嗯，记得。"我说。

"希望你可以把每一句话都听进去。"安家宁第一次摆出了十分严肃的神情，转而又含着笑容说，"我看得出来你喜欢她。当一个人最难过的时候，想要去诉说的那个人，就是他喜欢的人。那天我在她家，她突然接到了你的电话，一直问你怎么了，后来跟你打完电话回来后她双眼含着眼泪。我没有问到底发生了什么，但我想那天你大概很需要她吧。怎么样，我猜的对吗？或许你自己都没有发觉，你看她的眼神跟看别人比起来，是完全不一样的。"

我听她说完这句话，竟然忘记了回应她，但我想现在的模样应该出卖了自己内心的想法。

"她在遇到你之前，正在经历人生中最糟糕的事情。"安家宁开口说道，直盯盯地看着我的脸庞，"两年前她的父亲生了一场大病，病后就神志不清了，有时候还能认得小满是谁，但大多时候都不认得她。后来她只能把父亲送回老家，这个冬天，她一直北京四川两地奔波，所以没能去见你。"

我举着酒杯的手停留在了原地，瞪大了双眼，一句话都说不出来，我突然想到那天我给她打电话的时候，满心以为只有自己遭遇了这么糟糕的事。"要带着爱活下去。"凭什么我认为这只是她在安慰我才想到的话呢？

我半晌才能从嘴里拼凑出一句完整的话："可……她从来没有跟我说过。"

"她不想让你知道，"安家宁说，"事实上她也没让别人知道，知道这件事的人只有我。这姑娘比我坚强，比我们都坚强，她是我见过的最坚强的人。我也是偶然得知的，那是去年夏诚生日的前几天，她其实不喜欢这样的场合，那天是我拉着她，她才来的。本来她是准备待一会儿就走的，但是遇到了你。"

我不敢呼吸，怕因为呼吸而错过了安家宁要说的话。

"她非常喜欢你。"安家宁说。

我差点儿把酒杯里的酒打翻在地，双手止不住地颤抖，说出的话也支支吾吾："真……真的吗？"

"千真万确，我看在眼里，而且你真的感觉不出来？"

我摇摇头。

安家宁无奈地摇头，用一种好气又好笑的表情看着我："难道你以为她真的是想看书才去书店？难道你以为她是真的没事做才对你说那么多？还有，你们不是一起去宠物店了吗？那天她不是跟你说了她小时候的故事吗？难道这还不明显吗？"

我说不出话来。

"你们男孩子真的不懂女生，是不是非要她走到你的面前说喜欢你，你才能感觉到呢？"

"可是……"我尽量不让我的语气听起来像是狡辩，"可是后来我跟她聊天的时候，她都不怎么回复我了。"

"你真是，唉，我都不知道该怎么说了，"安家宁叹了口气，"你为什么都不问问她发生了什么呢？她那时一方面要顾着父亲的病情，另一方面还得顾着我，可即便是这样，她还是会回复你的信息，还是会因为你的事而难过。你要知道一个女生再怎么主动，也需要男生有所回应的。"

"我不是这个意思……"我说。我只是不知道该如何面对她，其实我比谁都想要见到她。

"可在女生看来就是这个意思啊，陈奕洋，你就不能再主动一点点吗？"

不知道为何，我脑袋里一闪而过那天在街角的咖啡厅偶遇董小满的情景，又想起那天小满温柔地安慰我的情形。

"可是我没有勇气。"我说。

"就因为你遭遇过一段失败的感情？"

"不只是这样，"我认真地措辞，确保自己所说出的话是完完整整想要表达的意思，"我太普通，而她又太好了。我既没有什么了不起的梦想，又不如夏诚那般强大，还没有什么值得说出口的才能，怎么想都是一个平淡无奇的人，倘若人生是舞台的话，我就是在舞台下的那种人，不会有光照到我这边的，所以……"

所以我退缩了，不知怎么的，"退缩"两个字说不出口。

"陈奕洋，你不应该这么想，就算没有光会打到你身上，又有什么关系？这世上难道每个人都要站在舞台上吗？而且就算你不这么认为，但你身上有着属于自己的光。这世上不可能有完全暗淡无光的人，董小满之所以喜欢你，就是因为发现了你身上与众不同的东西。"

"与众不同？我？"

"沉默也有自己的声音，这不是你最喜欢的歌吗？"安家宁笑着说，"为什么你会觉得沉默是问题呢？说不定在小满看来，她就是喜欢你的这些特质呢？就算你发出的光只不过像萤火虫一般，又有什么关系，我了解她，对于她来说，再绚烂夺目的灯光她也不喜欢，那些光都没有温度，她要的说不定就是像你这样温暖的光呢？你在她身边时，她觉得安心就够了，这才是这世上最重要的东西，比所有的物质都重要。我想这点你也应该能明白。"

我无声地听完安家宁所说的话，静静地沉思过往所发生的一切，可大脑却像失去了运转方式一般，不受我控制地运转到了别处。

"你的室友一定也是这么想的，否则他不会特意来跟你说上那么多。如果他觉得你帮不上忙，或者觉得你一无是处，那为什么他在最难受的时候要来找你说话呢？而且他最后不是还留给了你一张明信片吗？那就是证据，证明你给了他力量的证据。"安家宁说，"你拥有挣脱往事束缚的力量，只是你暂时还没看到这点。现在你所欠缺的，只是一点勇气而已。"

"嗯。"我点头。

安家宁端起了酒杯跟我碰杯，那认真的表情看起来像是准备说上有关这个话题的最后一段话。

"你，我，还有小满，我们都遭遇了糟糕的事，可我们都还活着。我们从过去的种种事件里生存了下来，并且还得以保存了相对完整的自己。就这一点就足够了，往后的生活自然不会一帆风顺，但既然我们都还能在天亮时醒来，没有理由不认真生活下去。千万不要因为害怕而失去本应该拥有的东西。"

说到这里她站起身来，把音响递给我，说："该说的我都说完了，其实我早就想跟你说这些了，小满说过，她希望自己跟你说这些，但你一直都没有回应她。她在等你，不管多久都会等下去。只是最近她一直都在家里忙着处理自己的事，而我自己身上的事情也还没有告一段落，所以直到今天才能告诉你。作为小满最好的朋友，我能对你说的就是这些。如果你真的喜欢小满，就把心里的话都告诉她。"

我无声地点头。

"对了，假如过去的一切都没有发生，我们就不会成为现在的自己，遇到现在能遇到的人，幸存者的使命，就是跟自己和解。"安家宁补充道，"我正努力地做到这一点，我想你也需要。最重要的是，小满她告诉我，她相信，相信你可以整理好自己的心情重新出发，我也相信你，相信你们，相信你们拥有幸福的力量。"

当她说出最后这句话的时候，我感觉到空气里分明有一种无声的震动，恍惚间跟这个世界产生了共振，几乎不能自已地站起身来。我突然想到了我曾经失去的所有东西，身体开始微微颤抖。原来有一个人能发自内心地相信你，就足以让你拥有能够面对世界的力量。

我能够与自己和解吗？这个问题已经不再重要了。

"看来你明白了。"安家宁笑着说。

"谢谢你。"我跟她握手，那力度从手的另一边传来，我说，"你也会幸福的。"

"会的。"安家宁说。

"我该回去了。"我说。

"我知道。"

我站了起来，走到房间门口，突然想起了一件事，回过头问她："你呢？什么时候回去？"

"你先走吧，"她调皮地笑了笑，这是我第一次看到她这样的神情，"我准备一个人再待一会儿，我还有事要做，别忘记下次再来时把足球桌带走。"

"嗯，记得。"我说完便跟她告别，开门走出，关上门时看到了安家宁还坐在沙发上，环视着周围的一切。走在回去的路上，刮起了风，我戴着耳机听着 *The Sound of Silence*，又一次想起梦真。你现在在哪儿？如果可以的话，希望你过上自己想要的人生。我也准备好开始新的人生了，我想我不会遗忘你，但我从今天开始就要把你放在另外的位置了。从此以后我的心里会有另外一个人，所以要把你放进回忆的抽屉里。

或许我还会想起你，但那思绪已经跟以前截然不同了。

想到这里，我在内心说了一句"谢谢你"。这句话是我一直应该跟你说的，可我却从未在你面前说过这三个字，你曾经带给我很多鼓励和慰藉，对于这些我会一直心存感激，但我的人生得继续下去了，那场落在大海里的雨已经停了，让我停留在原地和黑夜里的人，其实是我自己。那双桨就在手上，是我一直没有力气挥动向前。

当我在内心说完"谢谢你"三个字之后，一切豁然开朗了起来，内心周围的墙壁正在逐渐破碎，那深不见底的空洞竟然因为这句"谢谢"逐渐填补了起来。这是最适合写给我和她这段故事结尾的注解，不是逃避，不是遗忘，我此前竟然一直都没有意识到这点。

我回到了旅馆，打开电脑，想最后看一次梦真发来的那封邮件，然后删除。可不知为何怎么也找不到那封邮件，好像那封邮件从未出现过一样。

小药箱就摆在电脑旁，那是奶奶为我准备的。我想起曾经她准备药箱的时候，对我说"以后一定要好好照顾自己"，她那慈祥而又温柔的眼神再次让我觉得我是多么幸运，拥有这么一位亲人。我留了下来，从某种意义上来说，我就是她留下的痕迹，绝对不能轻易地消失。绝对不能。

我把药箱放回旅行箱，看到了小满送我的那个书签。我把书签夹进书里，和姜睿给我的那张明信片放到一起。这一次我的视线聚焦在了"谢谢"两个字上，我想我也留下了属于自己的痕迹，而不是什么都没有留下。我总有种感觉，和姜睿一定还会因为某种理由再见的。

我把书合上，想起了小满对我说的那些话："幸福不是别人给的，幸福是源于自身的东西。"

"这世上不存在无缘无故的相遇，也就不会有全然错误的错过。"

"要带着爱活下去。"

我关上灯，让自己沉浸在黑暗之中，这黑暗也不再面目可憎了。

明天醒来我有很重要的事要做，我想。

我要向那老板要来那几张日出的照片，我要把这日出送给她。

我要给她打电话，我想要听到她的声音。我想要立刻见到她，把所有的心事都告诉她，无论她在哪里。即使我都不知道自己明天能住在哪里，即使我不知道明天到底会发生什么。

但我决心不能让幸福从手头溜走。

我幸存了下来，哪怕我现在浑身湿透，落魄不堪，精疲力竭，也要到对岸去。哪怕最终没有留下任何痕迹，也要告诉自己战斗过。即使敌不过生老病死，也要抓住幸福的机会。

或许正是因为敌不过生老病死，才更要让自己幸福，这是每一个幸存者的使命。

想到这里，困意一阵阵地往上涌，那是许久未曾袭来的深沉而又柔软的睡意。

我闭上眼睛，窗外传来了阵阵风声，到耳里都变成了奇特的音符。*The Sound of Silence* 的旋律兀自出现在我的脑海，我任由这旋律在耳边飘浮，没过多久睡了过去。

我从没有这么期待新一天的到来。

- END -

后记

日历翻到 2019，后知后觉的我才意识到三十岁已经近在眼前。

我自认不是一个反应迟钝的人，可总是慢时间一拍。

我是一个幸运的人，因为找到了对抗时间的方式，那便是文字。

沧海桑田，千帆过尽，所有的一切都会变，唯独印刷下来的文字得以保持原有的模样。

我不知道这本书会以什么途径到你的手里，也不知道读到这里的你是什么心情。

但只要翻到了这里，就证明我们在这个大千世界里有着小小缘分，这在我看来是一件无比奇妙的事。想象一下，我们可能相隔万里，所在的时空都有所差别，却一样都读到了这里。

读书，一是读故事，二是读自己。

如果你能在这本小说中读到自己，对我来说已经是莫大的荣幸。

人生如海，每个人都是一艘小船，各自航行。但有时哪怕只是远远地相望一眼，便已经足够温柔彼此。能遇到的同路人，哪怕只是陪伴一段时间，也都是赚到的。每个出现过的人，无论结局如何，我都心存感激。

想说的话都已经写在了小说里，因此这里不再赘述。

最后要感谢一些人，没有他们，就很难有这部小说。

感谢磨铁编辑微姐和金渔，感谢为了这部小说的出版而辛苦工作的每个人。

感谢马韵诺、任雨萱、唐诚，在我创作路上给予的支持。

感谢陈黎渥、陈之洋、郭成杰、卢闻、童奕恺兄弟十年来的友谊。

在写作期间，一直以来陪伴我的都是家里可爱的猫咪，感谢这世上还有猫咪。

这部小说献给每个遭遇困境的你。

祝我们早日奔向自己的春暖花开。

2019.07.01

卢思浩

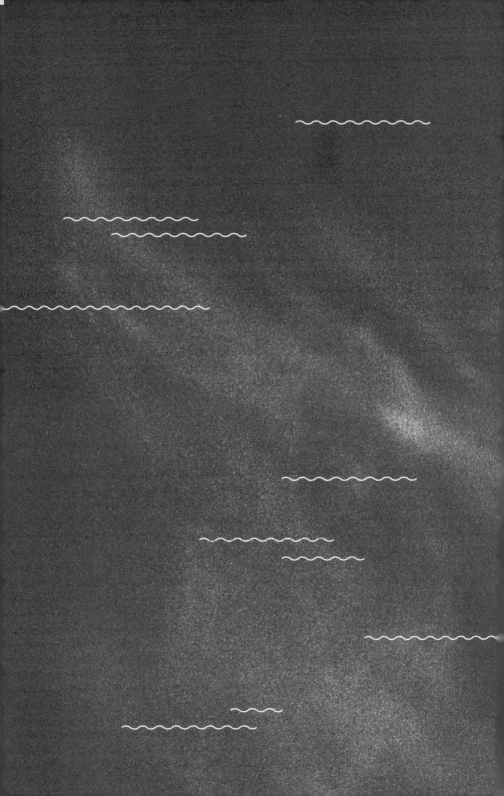

图书在版编目（CIP）数据

时间的答案 / 卢思浩著 . — 北京 ：北京联合出版
公司，2019.8（2019.10 重印）
ISBN 978-7-5596-3487-0

Ⅰ．①时… Ⅱ．①卢… Ⅲ．①长篇小说—中国—当代
Ⅳ．① I247.5

中国版本图书馆 CIP 数据核字（2019）第 151918 号

时间的答案

作　　者：卢思浩
责任编辑：龚　将　夏应鹏

北京联合出版公司出版
（北京市西城区德外大街 83 号楼 9 层　100088）
河北鹏润印刷有限公司印刷　　新华书店经销
字数：178 千字　　880mm×1230mm　　1/32　　印张：8.75
2019 年 8 月第 1 版　　2019 年 10 月第 2 次印刷
ISBN　978-7-5596-3487-0
定价：45.00 元